琥珀色に輝く

若林　毅

1.

中野で居酒屋「琥珀」を営む佐々木という男は、謎めいた一面を持っている。

還暦を超えて数年経つ独り身のこの男は、毎日店に出て客の心を鷲掴みにするのだが、平日は早い時間からスタッフに店を任せて姿を消す。開業した四十年前から半世紀近くもの間、常にその勤務形態は変わらない。彼が店で遅くまで働くのは、週末に限られるのだ。しかも近隣住民からの情報によると、佐々木が帰宅するのはいつも深夜になるらしい。

店主の人柄に惚れたという常連客の多い店「琥珀」を佐々木義人は経営しているが、彼の平日における夜の営みについては、誰もその実態を知らないのだ。

十一月のある日、この店に集まる若手の常連客たちがその謎を解明しようと言い出した。全員が佐々木の行動を予測し、実際に彼の退店後を尾行して、誰の推論が正しかったのかを確かめようという企みだ。見事に言い当てた者に対しては、「琥珀」での飲食料金一回分を、負けた者全員で支払うという特典まで設けた。

漫才師を目指す菅野は、「若い女のマンションに立ち寄ってから帰宅する」と言う見立てだ。その相方の須山は、「ストイックなおやじさんだからジム通い」と推理した。

一方、画家の卵といえる玄葉は、「旧知の友人たちと毎晩、飲み歩いている」と考え、小説家を目指す緒方は、「風俗通いが縁で、どっかの風俗嬢に入れあげているに違いない」と言い張った。

彼らは一週間後に「琥珀」に集合した。カウンターが五席と小上がりが十二席しかない狭小な居酒屋だ。前夜、須山が佐々木の退店後を尾行して謎を解明し、今晩この店で結果報告をすることになっている。さぞかし盛り上がるだろうと、全員が期待した。先に店に着いた三人がワクワクしながらビールを飲んでいるところへ、須山がやってきた。

「へい、らっしゃい」

店主の佐々木が厨房内から声をかけた。平日の木曜日だが、午後六時半なのでまだ彼は店を切り盛りしている。あと三十分ほどしたら店をあがるはずだ。

「あそこで仲間たちが待ってるぞ」

佐々木の太い声の先に、酔っぱらった三人が嬉しそうに手を振っている。

「はよう来いよ。いつまで待たすんじゃ」菅野は大声で相方の須山に手招きした。

須山が席に着くと、菅野がテーブルの上のグラスを手渡してビールを注いでやった。

「じゃあ、全員そろったところで乾杯！」

緒方が早口で音頭をとる。

「さあ、さっそく須山の報告を聞こうじゃないか。いったい誰のが、あってたのかな？」

菅野の言葉で全員がギョロリと須山に目をやった。皆が息を呑む。

「俺は昨日、七時過ぎに店を出ると、電柱の陰に身を潜めておやじさんが出てくるのを待った。昭和の刑事ドラマの主役みたいで最初は興奮したけど、時間が経つと結構寒くって凍えそうやった。待つこと十数分で、おやじさんが店から出てきたときには、正直ほっとしたよ」

須山はそう言うとグラスを差し出した。菅野が瓶ビールを注いでやる。

「おやじさん、中野駅まで歩いたんで、俺は適当に距離をとって尾行したんや。ところがさて、駅に着いてからが驚きや。当然電車に乗るものと思い、俺はポケットから『ＩＣＯＣＡ』カードを出したんやけど……」

「何が起きた?」

緒方が前のめりに訊く。

「中野駅南口の道路沿いに黒塗りのベンツが停まり、助手席からダークスーツの男が降りてきて後部座席のドアーを開けると……おやじさん、それに乗り込んでどっかへ行ってもうた」

「はあ?」

全員が言葉を失い、まばたきを繰り返す。沖縄でシロクマでも見たような顔をした。

ここにいるもの全ての予想がハズレだった。しかもヤバい香りが漂う。

皆は黙ったまま、厨房で汗をかく「おやじさん」の姿を見ていた。

＊

十二月の初め、「琥珀」にはまたいつものメンバーが集まった。

ところで、この店で知り合って交流を続ける者たちのことを彼らは「琥珀組」と呼ぶ。中でも比較的若いメンバーで構成されるこのグループは、共通の趣味として昭和の話題を取り上げて語り合う仲間たちの集まりで、自分たちのことを「昭和研究会」と称している。彼らは両親の影響からか、俳優やミュージシャン、作家や画家、そしてオヤジギャグに至るまで昭和の全てが大好物だ。

「おい菅野、最近どんな調子だ」小説家志望の緒方が訊いた。

「絶不調。朝、起きるのもめんどくさくって。もはや生きとるんがおっくうじゃ」

売れっ子漫才師を夢見る菅野は、厭世的に応じる。

「生きるとは、布団から起き上がるときの決意です」

画家志望の玄葉が、自慢げに首を振りながら会話に入ってきた。張り子の虎みたいだ。

「誰の言葉や」と、菅野の相方でボケ役の須山が尋ねた。

「忘れた。でもいい言葉なので覚えておいた」

「朝、希望を持って目覚め、昼は懸命に働き、夜は感謝と共に眠る」

こっちの方がいいぞ、と言わんばかりに須山が吟じる。

「それは誰だ」と玄葉が訊いた。

「国会における先生方の答弁じゃ」

「何の質問に対する？」

玄葉がトイレへ行こうと立ち上がりながら、さらに尋ねた。

「『空気の次に大切にしていることはなんですか？』だって」と須山が応えると、「ふうん」と一同、納得いかない顔でビールを飲み干した。

「おーい、ビールおかわり」

ややしらけた空気を払拭するように、菅野がジョッキを高くかざしてホールのスタッフを呼ぶ。

「お待たせしました。いくつお持ちしましょう」

見るからに女子大生バイト風のスタッフが、愛想よく訊いた。茶髪の長い髪を頭巾の中でまとめ、後ろはピンクのゴム紐で束ねている。健康的な笑顔が感じ良い。

「待たせてなんかないぞ。俺が言うたら、すぐ来たやんか」菅野が赤ら顔で絡む。

「ええから、早よ注文せい。待たせとるんはお前やろ」とボケの須山がツッコミを入れる。

「ああ……」

菅野は、周囲のグラスやジョッキの状況を見回して言った。

「ビール生中を四つ」

「はいよろこんで。ご注文のほうは以上でよろしかったでしょうか」

女性スタッフは台本通りのような台詞を言った後、皆が頷くのを確認すると、ついでに空いたジョッキや皿も回収してパントレーへ戻っていった。

「ひとつの動きで二つの仕事を効率よくこなす。ワンウェイ・ツージョブじゃな」

菅野がそう言うと、そこへ玄葉がトイレから帰ってきた。

「あっ、トイレに携帯忘れて来た」と言って玄葉は再びトイレへ引き返す。

「ああいうのをツーウェイ・ワンジョブって言うんだ、効率の悪い奴や」

菅野が呆れ顔で言った。

「ところでこの店の子は、ファミコン言葉使っておったな」

須山が〝エイひれ〟を指でつまんで、マヨネーズに塗せながら言った。

「なんじゃそれ」と緒方が眉根を寄せて訊く。

「おいおい、小説家になろうかって男がそんなことも知らんのか」

菅野が驚いた表情で説明を始めた。

「『ご注文のほうは』って言うのは、『ご注文』以外にも選択肢がある場合に使う日本語じゃ。でもそこには注文以外の選択肢なんて、ないやろ?」

菅野はそう言うと、皆を一瞥してさらに続ける。

「『お会計のほうはいくらになります』っていう場合だと、言いにくいことを曖昧にするために『……の方は』を使うのでまだ許せるが、『ご注文のほうは』については、別に他の選択肢もないうえに、曖昧さもいらんじゃろ」

菅野は緒方に向かって捲し立て、「わかるか?」という顔をして鼻腔を広げた。

ボケの須山丈太郎とツッコミの菅野啓太は、岡山出身の同級生で二十八歳だ。高校を出るとすぐ大阪の漫才師養成学校に通い、地方のイベントや小さな劇場で現場経験を積んできた。二年前からは上京して、引き続き芸を磨いている。大阪でもここでも、生計はアルバイトで立てている。

緒方が半分切れた顔をして、不機嫌そうに言った。

「そんなことは訊いてない。俺が訊いとるのは、なんでスーパーファミコンが居酒屋に関係あるかってことじゃ」

「ぷっ」菅野が口にしたビールを吹いて緒方に言った。

「おまえそれ、須山のボケより強烈じゃな」

緒方信二は東京生まれで、水道橋にある出版社に勤めながら小説家を目指している。

半年ほど前にこの店で知り合った菅野や須山の岡山弁まじりの関西弁の影響を受け、知らず知らずのうちに標準語も混じった〝ごもく語〟を使うようになっていた。

「なにがボケじゃ、失礼な奴だな。俺は発言主の須山に訊いてんだよ。おまえら外野は、黙っとれ」

緒方がさらに怒り度数を上げた。

「おおこわ。じゃあ丈太郎からスーパーマリオに詳しく教えてやってよ」と菅野が茶化す。

「ファミコン言葉いうのは、ファミレスやコンビニで最近よう使われ出した〝少しずれた敬語〟のことや。『一万円からお預かりします』とか言われたら『一万円からなにが始まるの？』ってなるやろ。でもその「……から」という言葉には、『一万円からの大きなお金を一時預かりましたけど、お釣りをちゃんと準備しますから、安心してくださいね』という奥ゆかしい気づかいが含まれとるんや」

自分が発端でこの話題が沸騰した責任を感じたのか、須山丈太郎は丁寧に説明した。

「あった、あった。携帯あったよ」と、効率の悪い玄葉が、再びトイレから帰ってきた。

玄葉和樹は緒方の働く出版社が企画した美術本の制作に携わった縁で、このグループにいる。偶然だが彼も皆と同じ二十八歳だ。都内の高校を出ると、いっとき実家の商売を手伝うが父親との相性が悪く、最後はその事業を閉鎖した。その後、銀座の画廊に勤務し、キュレーターやギャラリストの勉強をしながらもプロの画家を目指している。〝プロの画家〟と敢えて言うのは、絵を描いて生活が成り立つことを最終目標にしているからだ。その点では、緒方の目指す小説家も、菅野や須山が目指す漫才師も、皆、同じ目標といえる。

先ほどの女性スタッフが、小上がりにいる客の脱いだ靴を丁寧に揃えている。

菅野は無意識にその姿を見ながら、須山の話を聞いていた。靴を脱いで座敷に上がる日本人特有の生活様式から、他人の靴をそろえるという美徳が生まれたのだろう。だが飲食店のホスピタリティーとしては素晴らしいが、その手で料理するとなるとぞっとする。

菅野は話を聞きながら、片方の脳ではそんなことを考えていた。よく考えれば分かることだが、ホールのスタッフは料理や飲み物を運び、注文を聞き、空いた皿を下げる仕事だけで調理とは関係なく、そのような心配は無用だ。だが酩酊した彼の頭脳では、その考えにまでは至らなかった。

「どうじゃ、わかったか?」

須山が緒方に確認した。その言葉で菅野はふと我にかえる。緒方は須山に向かって笑顔で親指を立てている。ファミコン言葉の話題はどうやらこれで落着したようだ。

「トイレ行ってる間に、俺の悪口言ってたんだろ」

おしぼりで手を拭きながら、玄葉が話題に入ってきた。

玄葉はここにいるメンバーとの付き合いを大切にしている。絵を描くということは、人生を歩むことだと信じているからだ。誰に教わったわけでもない。自分の生き方に厚みを増したいと思う気持ちと、いい絵を描きたいと願う気持ちが同じ方向を向いているのだ。

玄葉は、この場にいる作家や漫才師の卵たちも画家志望の自分と同様に、彼らの生き方とそこから生まれてくる作品やパフォーマンスが一致しているはずだと考えていた。

それはとりもなおさず、本物の作品として完成することを意味する。玄葉はミュージシャンや俳優、劇団員などに対しても同じように考えていた。

「昭和研究会」の一員らしく、玄葉の好きな俳優は萩原健一だ。高校生の頃、父親が大好きな俳優だと言って買ってきたＤＶＤで、映画「青春の蹉跌」を観た。たちまち彼の大ファンになった。近年、惜しくも故人となってしまったが、映像で見せる萩原の姿は、彼自身の生き方であって演技ではない。だからこそ時代を超えて、今も輝き続けている。玄葉はそう強く感じていた。「太陽にほえろ！」で共演したベテラン俳優の竜雷太が、NHKの番組で言っていた言葉を玄葉はいつも思い出す。「芝居でやる男はたくさんいる。だがショーケン（萩原健一）の場合、芝居じゃないんだよ。モノホンなんだよなあ」と言って涙を流した。彼を番組に採用したプロデューサー岡田晋吉も言った。「エネルギーを持つ男を探した。芝居を勉強した俳優ではダメだった」

これらの言葉を総括すると、ひとつの答えにたどり着く。「自分の人生そのものが作品なんだ」と。玄葉の考えは一貫していた。その考え方を貫いて人生を歩み、ひたすら作品を作った。ツーウェイ・ワンジョブの効率の悪い生き方ではあったが味わい深い人生だ。

「画家の絵っていうのは、なんで本人が死んだ後に評価されるんだ？」

緒方が二杯目の生ビールを飲みながら訊いた。

「一粒の種は、地に落ちて死ななければ、一粒のままである。だが、死ねば、多くの実を結ぶ」と玄葉が応えた。

「ヨハネの福音書。十二章、二十四節」と須山が間髪入れずに言う。緒方はなんとなく納得した顔をしたが、玄葉より須山の博識ぶりに驚いた。だがこの話はここで終わり、玄葉の知識と須山の博識ぶりは、皆の心の奥に静かに仕舞い込まれてしまった。

*

隣のテーブルには、六人ほどの若い女性グループが座っている。隣との間は簾のようなもので仕切ってあるだけなので、声はお互いによく聞こえる。ここは「飲みの場」なので、ある程度騒がしいのは仕方ない。しかも今夜は途中まで簾が上がっていて、相手の姿もよく見える。どうやら女性陣は、職場仲間の集まりのようだ。

だが玄葉が気になっていたのは、ときどき奇声ともいえる大声で笑う女性が一人いる事だ。驚くばかりの甲高い声で必要以上に大笑いをする。その瞬間、こちらの会話は全く聞こえなくなる。しかも何度も高笑いを繰り返すので、自分が話すときにはいつも以上の大声で喋らなくてはならない。面白い話や意義深い会話が、突然起きる隣の甲高い声でかき消され、意味不明の状態で宙に浮いてしまう。

うちのメンバーは気にならないのだろうか。玄葉はふと皆の顔色を窺うが、どうも気にならないようだ。いや、気にしないふりをしているのかもしれない。なぜなら、甲高い笑い声が空気をつんざくたびに、皆はわずかに顔を顰めるからだ。だが敢えてその笑い女のことには誰も触れない。「飲みの場」における最低限の矜持を、自分たちのメンバーは全員が持ち合わせているのかもしれない。

玄葉は自分も大声で笑ってみようと思った。仕返しの意味もあるが、隣のグループがどう反応するか見たかった。こんなにもうるさくて、迷惑な行為をしているのだと彼女らが気づけば改心するかもしれない。さらに言うと大声で笑うことによって、もしかしたら自分ももっと楽しくなるのかもしれないと思った。やってみる価値はある。

ちょうどそのとき、菅野が店のスタッフを呼んで追加オーダーをした。

「シェキナベイビー」

「……」注文を聞く店のスタッフはキョトンとしている。

「シャケのベイビー。つまりイクラだよ俺の注文は。ちなみにそれいくらだ?」

「わあっはっはっはぁーっ、うおっほっほっほーっ、おえ〜っ、げぼっ……」

玄葉はいきなり大声で馬鹿笑いをして、吐きかけた。

「なんなんこいつ、キショイわあ」と菅野が突っ込む。

「ええから、そんなん放っとこう。あとは……〝つくね〟の串を三本ね」

須山が追加の注文をした。

「おっ、いいとこ〝突くね〟」と菅野が突っ込む。

「ぎゃーっふわっふわっふわっ、いやーはっはっ、……おえ〜っ」

玄葉は再び吐きそうになりながら、涙目で大笑いした。

「ナス田楽と、もろキューください。これ、皆もいるか？」と緒方が注文しながら訊いた。

「全部おまえに任せる。俺たち『ナスがママ、キューリがパパ』状態だよ」

菅野が真顔で応えた。

「おえっおえっ、おえ〜っ……」

玄葉は笑うというよりも吐きかけながら、隣の女性たちの反応をちらっと見た。

彼女らは何も気にすることなく会話を続け、楽しそうに飲んでいる。隣の馬鹿笑いにはまったく反応しなかった。玄葉は阿保らしくなって、この実験はもうやめることにした。

次に玄葉は、自分たちの会話から離れて静かにその笑い女を観察してみることにした。自分たちのグループ四人は常に誰かが喋っているので、気にせず放っておこう。

玄葉は半身ねじって、隣の女性たちがよく見える姿勢でひとり飲食を始めた。すると、面白い話をする女性が三人ほどいて、残りの三人は聞き役になっていることがわかった。なかでも真ん中に座るリーダー格の女子が多くを喋り、その場を支配している。

更によく見ると、驚くことに笑い女は自分からはほとんど何も発信していない。リーダー女子がものを言うときに限り、恐ろしいほどの大笑いで場を盛り上げている。わが国には昔から「太鼓持ち」という職業がある。遊客の機嫌を取って、酒興を助ける男芸者と呼ばれる人たちだ。それはそれで哀愁が漂い、生きるための独自の手段として認めざるを得ないものがある。が、しかし、ここでの笑い女はいったいどういう立ち位置なのだろうか。彼女自身の中では、今夜のパフォーマンスはどう映っているのだろう。玄葉は注意深く観察し、自分なりの仮説を立ててみた。

この女性の兄弟は年の離れた兄が一人。彼女は、なに不自由なく中流家庭で育つが、自分が抱く大きな夢とは縁遠い世界に生き、自己顕示欲の強い彼女は思うような人生を歩めていない。自己の内面と向き合おうとしたことは一度もなく、不完全燃焼の人生をいつも他人のせいにしながら生きている。人と接するときは必要以上に警戒して気を遣い、自分の正当性を守るために自己弁護の外堀を固めまくる。常になにかに怯えているのだが、その何かの正体がつかめず、いつも息苦しい生き方を強いられる。心に差す影を誰にも知られたくないため、必要以上に明るく振舞おうとする。だが残念なことにユーモアのセンスはさほどなく、面白いと言われる人の傍に寄り添って、自分もその愉快な一員のように見せたがる。よく観察すると、とても悲哀に満ちた人生だ。玄葉は、さほど美人でもない彼女に対して、なにかこのような痛いイメージが頭に縷々浮かんできた。

「きゃあーっはっはっはぁーっ、ぎゃーっ」と、また始まった。ギャオスのような耳をつんざく超音波は、さらにボリュームを上げている。

だが、ここまでのことを勝手に妄想した玄葉は、その笑い女が不憫に思えきた。ある種の同情からか、彼女の発する奇声が和らぎ、不思議と気にならなくなっていた。これはこれで一種の問題解決方法なのだろう。玄葉は、ねじれた半身をゆっくりともとの姿勢に戻し、自分たちの仲間の輪に帰還した。

「どこに行ってた？」と緒方の太い声が飛んできた。

「どこって、ずっとここにいた」意味不明だという顔をして、玄葉が言う。

「そのデカい体はここにあっても、おまえの心と魂はどこに行っていたのかって訊いてるんだよ。いきなり馬鹿笑いするかと思えば瞑想に耽りやがって」緒方は緩めず言った。

「瞑想じゃなくて、妄想にふけってたんじゃろ」須山がそう言うと、玄葉は首を顰めた。

「妄想先は、あそこのおねえちゃんたちの所だよな」

菅野がにやつきながら、隣のテーブルを顎で指す。

「ああ、そのことか」玄葉はふと理解したような顔をした。

「まあええわ。おまえの話をしておったんだぞ、ちゃんと聞いとけよ」

緒方は変なごもく語でそう注意すると、また話を続けた。

「作品には、作者の生き方や人生が反映されなければいけない。それがおまえの持論だが、さっきから俺はその論拠を問うているんだ」と緒方が訊いた。

「俺はショーケンのドラマや映画は全て観た。特に若い頃の彼の作品は珠玉の名作ばかりだ。映画だと『約束』『青春の蹉跌』はどちらも数十回ずつ観た」と玄葉が応えた。

「おう、そういう人間は何人か知っている。相変わらず効率の悪い生き方だな、おまえは。テンウェイ・ワンジョブってか。だがそのことと、いま俺が問うている問題とどう関係する？」緒方が苛ついた表情で訊く。

「芝居しちゃいけないってことだよ。彼は自分の生き方そのものをフィルムに押し込んだ。だから映像画面から発散されるエネルギーは、半端ない力で見るものに伝わる。何十回観ても飽きないし、更に輝きを増す。良くも悪くも俺たちが心を打たれたのは、萩原健一という男そのものに対してだったんだよ」

「ショーケンのスタイルや生き方そのものが、名画と呼ばれる素晴らしい作品を完成させていたということか」

「そういうことだ。そしてそれは、画家である俺にも言えることだし、作家であるおまえにも当てはまる話だ。俺たちの好きな『昭和時代』には、よく見られた光景だ。」

「さらに言うと、本物の漫才師を目指す菅野や須山にも言えることなのか?」

緒方が二人を一瞥して確認した。

「当然だ」玄葉がキッパリと応えた。

この二人の討論を聞いていた菅野と須山は妙に納得し、深く頷いている。

そして菅野が自分の思いを吐露した。

「俺はな、いままでずっと俺たちの漫才ネタを作ってきた。コンビ名『トッパーズ』を考えたのもこの俺だ。だが何故かそれらは世間に受け入れられない。ウケないんだ」

それに対して須山が、軽く咳払いして言った。

「こうありたいという姿に、照準を合わせたネタがいるんじゃろ。カッコよく言えばネタの中に、トッパーズの愉快な生き方のコンセプトが脈々と息づいとらなあかん」

「漫才師に生き方のコンセプトなど、重すぎるわい」と菅野が突っ込む。

「なんでもいいから笑いを取ればいいってもんじゃない」須山がすかさず反論する。

「笑いの取れない漫才師って、魚を釣れない漁師と一緒じゃ」

菅野がパラフレーズ論で切り返した。

「人に笑われて生きたいか、人を笑わして生きたいか」と須山は哲学者のような顔で言う。

「どっちもだよ」

「どっちもって奴は、どっちつかずな生き方しかできひん」

「そりゃ悪うござんした」

菅野が皮肉っぽく謝った。

「おまえが謝って済む問題じゃない、俺たちはコンビでやっとるんだから」

「ちょっと待て。いちど話を整えよう」

緒方が漫才コンビの掛け合いに、「待った」をいれた。

「話が脱線していないか？　おまえらムキになって議論の本題からずれてもうたぞ」

緒方は事態の修復を図ろうとした。

「そう、俺が言いたいのは、いくら面白いネタを作ってもそれはいっときのことで、本人たちの生き方の面白さこそが、最後の勝負になるってことじゃ」

須山が思い出したように自分の考えを伝えると、続けて言った。

「ラーメンズの片桐仁さんがテレビで言っていたのを聞いたか？　彼はこう言った。『いくら面白い脚本や設定があっても、実際には七割くらいが本人の面白さで決まる』ってね」

「俺たちは息の長い漫才師になりたい」と、菅野が本音らしきものを漏らした。

「だからこそ、生き方そのものを漫才にしようじゃないか。俳優で言えばショーケンのように。歌手で言えば吉田拓郎のように」と須山が言う。

「昭和の戦士たちを、よくぞそこまで知っているな」

玄葉は感心してそう言うと、ビールを一気に飲み干した。

「『昭和研究会』のメンバーならそのくらい当たり前じゃろ。俺の場合もおまえの家と一緒で、親父の影響を少なからず受けて育ったからな。因みに漫才の世界でも、ネタありきじゃあ、長続きしないんだよ。コンテストなんかで優勝したコンビが、必ずしもロングランしているとは限らへん。これは視聴者が見抜くからやで」

須山はそう言うと鼻を鳴らし、皆を睥睨する。

「俺は小説家志望で一見、漫才とは無縁のようだが、実はそうではない。漫才って、俺から見ても結構似ているところが多いんだよな。村上春樹が自著の中で言っていたが、物書きというのは野球選手と違って一発勝負しなくてもいい。何度も推敲と言う書き直し作業を経て、満足のいく形に仕上げることができるのだと。その意味において同じ漫才師でもネタや脚本ありきの漫才やコントのときと、バラエティ番組などの一発勝負の世界とでは、大きな違いがあると思っている」

緒方はそう言って持論を挟みつつ、『漫才論』をさらに続けた。

「よく見ていたらアドリブのうまさやワードセンスの良さ、頭の回転の速さこそが彼らの魅力で、本当はその実力が問われているんだよ。平場に強い者が飽きられないと言える。つまり漫才も、自身の生き方そのものが反映されなくては、長く続かないってことだよ」

「普段の生活の中にこそ、笑いの原点があると。人を笑わせることを生きがいにして生きている人間こそが、本物の漫才師だと」

玄葉はそう言って緒方の説をまとめ、自らが頑なに抱く考え方にこのテーマが帰着するよう総括すると、いったん議論を終わらせた。

トッパーズの二人の目が座っていた。何かが彼らの心にスイッチを入れたようだった。

2.

翌日も緒方と玄葉は「琥珀」で飲んだ。萱野と須山は、昨夜の会話から何かを得たらしく、暫くのあいだは店に来ないという連絡があった。笑いを追求する岡山のコンビは、どうやら〝本物の笑いを求める生き方〟を本格的に模索するみたいだ。漫才の中に自分たちの生き方そのものを反映させていくらしい。それには酒なんか飲んでいる場合ではないと言うのだ。それだけでなく、萱野は店主の佐々木のことをどこか軽蔑しているところがある。「いくら皆の精神的支柱と言っても、実際に親父のやっていることは小さな居酒屋一軒だけじゃないか」などということをよく口にしていた。その理屈からすると、今日もここで飲み明かす俺たちはいったいなんなんだ？　緒方たちは少しそんな気にさせられたが、まあ、あまり気にせず今夜も飲むことにした。

「メンバーが減ったので、誰か連れて来いよ」緒方が不満げな顔で玄葉に言った。

「絵描き仲間は、変わった奴らばかりだぜ」

「それが面白いんだよ」

「おまえこそ、誰かいないのか?」

玄葉はおしぼりで顔を拭くと、緒方を睨んで言った。

「〝モノ書き〟も変わった連中ばかりだ」と緒方が溜息まじりに言う。

「おまえを筆頭にな」

「言ってくれるじゃねえか。まあ〝当たらずと雖も遠からず〟だがな。おまえも俺も似た者同士だ。俺たちの生き方というか、存在の仕方っていうのが、まんまユニークなんだよな」

緒方はカニ味噌を箸でつまみながら、更に言った。

「おまえのアパート、風呂もないしな」

「……」

玄葉は意味不明という顔で、首を傾げて緒方を睨んだ。

「いまどき銭湯通いしている奴って珍しいぞ。昭和の絵描き気取りか知らんが、ユニークな奴だ」と緒方が毒づく。

「〝湯に行く〟……これもユニークな生き方だ」と玄葉が反応した。

「そんなネタは菅野たちにやっとけ」緒方が呆れた顔で言う。

「俺の言うユニークの意味、理解しているか?」

緒方は小皿のカニ味噌を、最後まで箸で綺麗に掬い取りながら言った。

「〝独特の〟って意味だろ」

「違う。和訳の第一義は〝唯一無比の〟だ」

「それって、辞書にもよるだろ」

玄葉のこの指摘に対して、緒方は無視して言った。

「俺の大好きな手塚治虫先生の漫画の出だしに、〝極めてユニークなプロローグを期待する読者の失望〟という章立てタイトルがあった」

「それこそユニークだな」

「その通り」玄葉の当意即妙な返しに、緒方は興奮気味に言った。

「俺たちはな、絵画であろうと小説であろうと漫才であろうと、人の心を突き動かすようなワードセンスや表現方法を持たなくてはいけない。そしてそれは、ひとつでも多い方がいいんだ」

「だからこそ昨日俺が言ったように、クリエーターは〝本物の生き方が求められている〟のではないのか?」

と、玄葉はここでも持論を持ち出そうとした。

「なにをもって〝本物〟という」と緒方が尋ね返す。

「日々の気づきを得ることだ」玄葉が即答した。

「……」

「またダンマリか?」と玄葉は大きく息をついて言った。

「少し時間をくれ。おまえの詭弁と蠱惑に翻弄されないように、俺なりに考えている」

緒方はしばらく時間をおいてそう応えた。地球の真裏から生中継する現地レポーターのように、彼が応答するまでには時差があった。緒方は小説家らしく、玄葉の言った言葉の意味を深掘りし文脈を読み取ろうとしたのだ。

「ご自由に」玄葉はそう言うと、店のスタッフにチューハイレモンを注文した。

「うん、〝気づき〟というお持ち帰りが出来そうだ。今夜寝る前にゆっくり考えてみるわ」緒方はそう言うと、立ち上がってトイレへ行った。

「へい、らっしゃい。あちらの席でお待ちだ」

店主の佐々木が、新規のお客さんを玄葉たちのテーブルまで誘導した。

「和樹、この人がギタリストの滝島陽介だ。よろしくな」

今年で六十四歳になる佐々木は、四十年近くこの場所で居酒屋「琥珀」を経営している。この店で知り合ったもの同士の「琥珀組」は、既に何組ものグループが出来ていた。

佐々木の親分肌の性格もあってか彼は多くの常連客と親しくし、客同士の交流も上手に取り計らってくれる。決して必要以上のことはせず、求められたときだけベストマッチな組み合わせを仕立ててくれるのだ。「昭和研究会」から若手漫才師二人がいなくなった今、玄葉の依頼で佐々木は滝嶋を呼んでくれていた。

「ありがとう、おやじさん。さっきも緒方の奴が誰か新しいメンバー探して来いと、俺に偉そうなことを言っていたところだ」玄葉が礼を言った。

佐々木は親指を立ててサムズアップ・スマイルを送り、厨房へと戻った。

「プロのギタリストを目指している滝嶋陽介、三十二歳です。よろしく」

裏ボアの付いた黒のライダーズジャケットにネイビーのジーンズをはき、耳が隠れる程度の長髪を銀色に染めた青年は細身で背が高く、色白だった。細面の顔立ちに大きな瞳と薄い唇が配され、鼻筋は通っているが、その形は日本人特有のもので大倉山のスキージャンプ台のようなカーブを描いていた。眉はきっと、もともと太くて濃いのだろうが〝吊り眉〟の形に綺麗に細く剃り上げられている。そのせいか、少し神経質そうな印象を相手に与えた。顔立ちとその服装からは、意識的に幾分の威圧感を装っているような感じがした。

「画家志望の玄葉和樹です。今日は来てくれてありがとう」

玄葉はそう言うと、自分の座る小上がり席を少し詰めて席を空けてやり、テーブルの上を手際よく片付けた。

「あれ、友達か？」トイレから帰ってきた緒方が、驚いた表情で訊いた。

「ああ、昔からの知り合いで、彼は先週、府中の刑務所から出て来たばかりだ」

玄葉は周りを気にして小声で言った。緒方は突然の展開について行けないようで、言葉を失ったままその場に立ちつくした。

「おい、さっさと座れよ。俺は滝嶋陽介っていうんだ。よろしくな」

滝嶋がアドリブで自分の役を演じた。

「おう、俺は緒方だ」と言う緒方は、相手の威圧的な態度にかなり気分を害していた。

「おまえなあ、ムショ帰りだかなんだか知らないが、ここにはここの礼儀があるんだよ。口の利き方に気をつけろ」

緒方はそう言うと、ポケットから煙草を出して火をつけた。この店はファミリー客が少ないせいか、小上がり席には無造作に灰皿が置かれている。緒方はヘビースモーカーではないが、興奮すると煙草を吸う癖がある。

「礼儀を語る奴が煙草なんか吸うなよ。馬鹿野郎」

滝嶋は左手を振って、顔の周りの煙をはたいた。

「礼をもって接すれば礼をもって返す。が、礼を失する相手には非礼をもって接す。これが俺のやり方だ」

緒方はそう言うと、煙草の煙を滝嶋の顔に吹きかけた。

「なんじゃこらぁ！　ふざけんなよ」

滝嶋は巻き舌で怒鳴ると激怒して立ち上がり、座っている緒方の胸ぐらを掴み上げた。

「やるんかこら」

緒方も立ち上がって一触即発になった。

「おっと、そこまで。もういいだろう」と玄葉が間に入って二人を引き離して言った。

「滝嶋君、君の本当の職業を教えてやれ」

「私はいま、音楽関係の事務所に籍を置き、アイドル歌手〝ミーコ〟さんのマネージャー兼、付き人をやっています」と、滝嶋は直立不動で言った。

「は……、はいっ?」

「おまえ、顔だけでなく耳も悪くなったのか?」と玄葉が緒方をからかうように言った。

「いや、どういう事?」

「ぶわあっはっはっはっ」

玄葉と滝嶋がビールを吹きだしながら大笑いした。緒方は二人の唾が目の前の刺身盛り合わせの大皿に、シャワーのごとくキラキラと舞い落ちるのを無意識で見ていた。

「いや、すまん、すまん。冗談だよ、ムショ帰りの話は」玄葉が緒方の肩を叩いて言った。

「ごめん緒方さん、初対面なのに嘘ついちゃって。いま言った俺の職業が、本当の話です」と滝嶋が笑い過ぎたのか、涙目で悪そうに言った。

「なんなんだよ、お前ら」

緒方は腹の底から低い声を出した。

「ま、飲もうか。新しい仲間も出来たことだし」

玄葉が緒方の前に置いてあるぐい呑みに酒を注いでやった。滝嶋は、刺身の盛り合わせ皿に添えてある半切れほどのレモンを片手で絞って、汁を刺身にまんべんなくかけている。緒方は無意識でそれを見ながら、レモン汁などかけなくていいのに余計なことをする奴だと思った。滝嶋は、荷役作業か何かをしたあとで手を洗っていなかったのか、レモンから流れ出た黒ずんだ汁は、彼の握りこぶしの隙間からポタポタとハマチやマグロやイカやカンパチの上にまんべんなく降り注がれた。その光景とは場違いなレモンのいい香りだけが辺りに漂っている。

緒方は二人の唾液シャワーのあとにそれを見て、今夜の刺身は食べないことにした。

「滝嶋陽介が付き人をしてるミーコってタレントは、いま超売れっ子だぞ。知ってたか？」

玄葉が重い表情の緒方に水を向けた。

「ミーコのマネージャー？　ミーコだかミーハーだか知らないが、勝手にやってろ」

緒方は酒を煽りながら、怒りを露わにした。

「だがな、いつまでも芸能界の下働きとかやってんじゃねえぞ。いいか？　いい加減にはおまえの本当の人生を考えろ」と言う緒方の怒りが収まらない。

「マネージャー業は立派な仕事だ。俺がいずれミュージシャンとして食っていくために、いま最高の修行をしていると思っているよ」

滝嶋が反論したが、どこか嘘くさい。酒に酔ったのか、その目はやや座っていた。

「ミュージシャンってなんなんだよ」と緒方が絡む。

「俺は十六の頃から三十二歳の今までずっとギターを弾き続けてきた。将来はプロのギタリストとしてデビューしたいんだよ」

「お、いいねえそのため口。あんた、俺たちより四つも上なんだから、それでいいんだよ」と玄葉が嬉しそうに口を挟んだ。

「へっ、陽介よ。年上だか何だか知らねえが、俺も遠慮はしねえぞ。それでおまえのギターの腕前ってのは、いったいどの程度なんだ？」

「速弾きにおいてはリッチー並み。ブルースのリックの多さはクラプトン並みだ」

緒方の問いに、滝嶋が簡潔に応える。

「なんだ、そのリッチなプランクトンってのは」

「そのネタも菅野にやっとけ」玄葉がすかさず入れた。

「いやほんと、わからんから訊いてんだよ」と緒方は真顔で訊き直した。

「俺の好きなギタリスト二人の事だ」

「ほお、俺は速弾きだとイングヴェイだし、ブルースだとスティービー・レイ・ヴォーンのハイ・テクが好きだがな」と緒方が言い返す。

「なんだ、よく知ってんじゃん」

玄葉が店のスタッフにオーダーの挙手をしながらそう言った。

「クラプトンが基礎コースなら、彼らは応用編の職人技をこなしている」

緒方が自慢そうな顔で言った。

「あんたたちは昭和に詳しいって聞いていたが、音楽に関してはまだまだのようだな。彼らはまさに『昭和時代』のミュージシャンだぞ。俺自身は、昭和って嫌いだけどな。だが実際に彼らの曲をコピーして演奏していくと、リッチーの調子っぱずれな音階や、クラプトンの溶け込むような味わい深いメロディーに、深い魅力を感じるようになったんだ」

滝嶋は伏し目がちに、やや首を振りながらそう言った。

「お二人さん、議論白熱はいいけど、なにか飲み物はいるか？」

店のスタッフを待たせている玄葉が訊いた。

「ああ、じゃあ芋焼酎の湯割り」と滝嶋が応えた。

「いいねえ、じゃあそれを三つください」玄葉が仕切った。

「俺のまで勝手に決めんなよ」と緒方が噛みつく。

「じゃあ好きなの言えよ。めんどくせえ奴だな」

「……やっぱそれでいいわ」

玄葉と滝嶋は顔を見合わせて両眉をあげ、下唇を突き出した。

「どうだい、若い衆。話は弾んでいるか？」

店主の佐々木が様子を見に来た。

「おやじさん、人脈やばいすね。頼んだ途端、こんな人材届けるなんて」

玄葉がカンパチを摘まみながら、上機嫌で言った。

「どういう意味だ」と滝嶋が、盛り合わせ皿からイカ刺しを摘まみながら訊き返す。

緒方は、二人が旨そうに摘まむ刺身をじっと凝視している。

「昨日の話の流れから言って、役者希望か劇団員あたりが現れるのかと思ってましたよ」と玄葉が言う。

「そんなおまえらの話の内容なんか知らんわ。それよか組織に埋もれるのを嫌い、〝孤高の士〟として、独立志向のサムライ業を生きようとするこいつの姿が、皆の方向性と一致しているだろうと思ってな」と、佐々木が滝嶋を見ながら言った。

「おやじさん、そんなカッコいいもんじゃありませんよ、俺たちは」

緒方が苦笑して否定する。

「寧ろこいつなんか、ギタリストよか中途半端な役者の方が向いてんじゃねえのか？　ムショあがりの下っ端ヤクザ役とかで……」と緒方が滝嶋を顎で指して言った。

「どういう意味だ？」

佐々木が怪訝そうな顔で訊く。

「いや、なんでもありません。厨房から呼ばれてますよ、オーナー」と言って玄葉が忙しそうな店スタッフを指さした。

「おっ、じゃあゆっくりやってくれ」

「ありがとうございます」

玄葉と緒方は即座に声を合わせて返事をした。彼らのイメージとして、おやじさんの背後には、今でも黒塗りのベンツがちらついている。

「やっぱ、アドリブなんだよな」

玄葉が盛り合わせ皿から、ハマチの刺身を摘まみながら言った。

緒方はその刺身をじっと見ている。

「俺のさっきの演技のことか?」と滝嶋が訊いた。

「そう、いきなりあれは出来んぞ。普通のサラリーマンには」

玄葉はハマチを頬張って美味そうに咀嚼しながらそう言った。緒方が顔をしかめた。

「俺はな、多くの曲をコピーしてきたが、なによりもアドリブ演奏が一番好きなんだよ」

「やっぱ、そうなのか」と緒方も少し納得した表情だ。

「若手ピアニストの角野隼人が言っていた。『ステージでアドリブ演奏するのは大好きだ。精緻に組み立てた模型が動力を得て動き出すような感じがする』ってね」

滝嶋がアドリブ論をのたまう。

「だがな、オヤジさんが言った〝孤高の士〟ってのは、当てはまらないいんじゃないのか。〝バンド活動は社会の最小編成だ〟と、キング・ヌーの常田大希が言ったように、バンドメンバーは集団であり、組織であり、コミュニティーだよな」と玄葉が一石を投じた。

「彼は、『ネガティブな力が世の中に拡大しているのに対して、祈りや美しい力で対抗していく』とも言っている」と緒方が補足した。

「だから?」

滝嶋は不満そうに首を傾げてそう言うと、さらに続けた。

「ミュージックシーンには、ジェフ・ベックやドナルド・フェイゲンのような孤高の士も、少なからず存在している。俺は、仲間たちと馴れ合いの世界に住もうとは思っていない」

「冷たいんだな」緒方は嫌そうに言うと、日本酒を口に含んだ。

「それが滝嶋の生き方なら、それこそが彼自身の音楽に反映する」と、玄葉がまた持論を持ち出した。

「俺の生き方がどうかは知らないが、酒も煙草も女もギャンブルも在りの〝刹那的な生き方〟を享受する緒方は、偽者の生き方しかしていない。玄葉もそうだ。おまえらの慕う、昭和の画家だの文士だのってのは所詮、〝刹那主義に塗れたどうしようもない不逞の輩〟なんだよ。だから俺はおまえらと飲んでも、『昭和研究会』には絶対に入らない」

滝嶋が自分の事は脇において二人の生き方にケチをつけると、さらに言った。

「ロックやってる連中は皆、酒や煙草やドラッグに溺れていると思ってるだろ? それは大きな間違いだ。ローリングストーンズなんか不良の象徴のように思われてきたが、彼らの持つ健康志向は昔から特段に秀でたものがある。彼らは長年、絶え間なくシェイプアップに精を出して体を鍛えてきた。だからこそあの歳になっても、現役で輝いていられるんだ」

「残念ながら、チャーリー・ワッツが亡くなってしまったけどな」

緒方が寂しそうにそう言って日本酒をグイと飲むと、徳利を何度か振って最後の数滴をぐい呑みに注いだ。

「だがストーンズは不滅だ。彼らの生きてきた軌跡がいま底知れぬパワーとなって、現在のメンバーの活動を支えている」

滝嶋の力説が止まらない。

「ストーンズだって、おまえの嫌いな昭和が全盛期のバンドだろ」と緒方が茶々を入れた。

「彼らのことは西暦で考えている」

滝嶋は口で負けたくない。

「バシャールの言葉を知っているか？〝自分の与えたものが、自分に返ってくる〟これが全宇宙を支配する真理なのだ」

緒方はモノ書きらしく、その見識ぶりを披露した。ストーンズの「本物の生き方」が、彼らにポジティブなフィードバックを与えていることを示唆する言葉だ。

「バシャールは〝起きていることに偶然はひとつもない。すべてが必然だ〟とも言っているよな」と、今度は玄葉が補足した。

これを機に、緒方と玄葉はバシャール論議に花を咲かせていった。

滝嶋は彼らの会話を尻目にゆっくりと飲食を楽しむ中、ふとカウンター席に座る二人の美しい女性に目が奪われた。一人は肩までの髪をライトブラウンに染め、透き通るような白い肌に大きな瞳と鮮やかなルージュの唇が眩しく、明るい笑顔を振り撒いている。

もう一人は、レイヤーボブの短めの髪を時々片方の手でかき上げながら、クールなしぐさで愁いを帯びた雰囲気を湛えている。どちらも目が覚めるほどの美人だ。

よく見ると、周囲の男たちはほぼ全員が、ちらちらと彼女らを盗み見している。古びた居酒屋の店内で、彼女たちの居場所にだけスポットライトが当たっているような光景だ。滝嶋は他の男たちと違い、何の遠慮もなく彼女たちを見た。ロックを奏でる男の性なのか、クールな雰囲気のレイヤーボブの女性の方に目が向いていた。まさにターゲットを定めて獲物を狙う、肉食動物の眼差しそのものだった。

そんな中、レイヤーボブの女性がオーダーをしようとして滝嶋と目が合った。長い時間をかけて彼女一点を見続けている滝嶋と、どこかで目が合うのは必然だった。その瞬間、滝嶋は笑顔を送った。満面の笑みではなく、偶然彼女と目が合ったことを喜んで、少し照れたふりをした微笑だった。思いがけず、爽やかな青年が差し出した笑顔の煌めきに、レイヤーボブの女性の胸が躍った。その時点で滝嶋は、ミッションのほぼ半分を成功させていたと言える。彼は女性のテーブルに、フランス産赤ワインのサンテミリオンをオーダーして届けさせ、自らはワイングラスを三つ携えて、彼女たちのいるテーブルに赴いた。

「やあ、初めまして。私のお気に入りのワインはここにいる美しいお二人にこそ、お似合いかと思いまして」

3.

次に滝嶋が「琥珀」に姿を現したのは、暮れも近づく師走の後半だった。

美しいレイヤーボブカットの女性と一緒だった。彼女の名は木梨美玖、二十六歳。都内のＩＴ企業に勤めるＯＬで、同僚の柳瀬サチと二週間ほど前に「琥珀」に来て飲んだ。

そのとき滝嶋が見初めた美しい女性二人組のうちの一人だ。滝嶋は狙い通り美玖と今夜、再会を果たすことができた。彼女にとっても普段から行きつけの店だし、店のオーナーを二人ともよく知っている事などもあって、再会のアポを受け入れやすい場所ではあった。

そして前回、滝嶋が差し入れたワインがとりわけ好評だった。フランスワインの格付け、AOC発祥の地であるサンテミリオンは華やかなフレーバーで若い女性たちの味覚を虜にする。店のオーナーの佐々木に頼んで二週間後に新たに入荷してもらう事となった為、彼女たちはワインが届いたら、再び滝嶋と飲むことにしていた。だが柳瀬サチは今日になって、急用ということで来られなくなった。滝嶋と美玖の二人に気を遣った格好だ。

「今夜はサチが来られなくてごめんなさい」と美玖が悪そうに言った。

「大丈夫だよ、美玖が来てくれたから」滝嶋はワインを注ぎながら微笑んだ。

「滝嶋さんのお友達は、今日は来られないの？」

「奴らのことはどうでもいいよ。まだ知り合って間がないんだ」

美玖は自分こそ滝嶋と知り合ってまだ間がないのに、既に名前を呼び捨てにされたり、友達のことを軽く扱う滝嶋の人間性に少し違和感を覚えた。

「滝嶋さん、ミーコのマネージャーしてるって本当ですか？」

「本当だよ。つまんねえ仕事でさ。業界知るためにやってんだけど、早いとこやめてバンド活動に専念しようと思っている。ミーコなんて、二十歳そこそこで俺よりひと回りも下なのにチヤホヤされちゃってよ、彼女の音楽性って言ったらゼロに等しいよ。只々、外見と運だけでここまで来たって感じだな。実力と比例しない低俗な芸能の世界なんて、早いとこオサラバしたいと思ってんだ」

今度は自分の仕事や職業上のパートナーまで悪く言う滝嶋に、美玖は少なからず嫌気がさしていた。余程、普段から鬱屈してストレスが溜まっているのだろう。美玖は今夜来てしまったことを早くも後悔し、なんとか理由をつけて早々に退散しようと思った。

ちょうどそのとき店のテレビが、正月番組として箱根大学駅伝の番宣を流した。美玖は自分のひいきの選手名を言って、話題を変えようとする。

「私、大学駅伝見るのが好きなの。特にN大学の武鐙くんの大ファンだから」

「あ、そう。その大学ね。大正十四年の大会で学外の人力車夫に替え玉になってもらってズルした学校だね」

「えっ……」

なにを言いだすんだろうと、美玖は心がざわついた。

「嘘じゃないよ、何かで調べてごらん。それが、バレた理由が可笑しいんだ。なんと追い抜く際に〝アラヨット〟という声を発したことで露呈したんだよ。人力車夫特有の掛け声だったんだ。職業病というか、独特の習癖はごまかせないな」

「ぷっ……」

美玖は口に含んだ赤ワインを噴き出すところだった。「へぇーっ」と、滝嶋の博識ぶりに少し感心する。

「俺のギター、今度ライブで聴かせてやるよ。いい音出すぜ。ブルースのアドリブには、てきめん酔ってもらえるはずだ」

「アドリブ、弾けるんだね」と美玖は話を合わせて言った。

「勿論、大好きだ。俺は楽譜がいまでも読めない。だがペンタトニックスケールを覚えた事で、全ての楽曲が弾けるようになった。耳コピーとタブ譜の力も借りてね。最近ではドリアンスケールなんかも駆使しながら、一流のギタリストになれたんだよ」

美玖には、滝嶋の言っている事の意味が殆ど分からなかった。だがひとつ分かったのは、この男はプロのギタリストを目指していながら楽譜が読めないということだ。なんという嘘っぽい生き方だろう。そんなことが世の中で許されていいのだろうか。

「俺のギターの演奏、動画で撮ってあるから観てみるか？」

頼みもしないのに、滝嶋は美玖の眼前にスマホを差し出した。いきなりニョキっと近づいた滝嶋の酒臭い顔を嫌って、反射的に美玖はのけぞった。

「そんなに逃げなくてもいいじゃないか。取って食ったりしないから」

滝嶋はなぜかときどき、自らが嫌う「昭和オヤジ風」のフレーズを使う。

「ほら、観てごらん。俺たちのバンドのオリジナル曲だぜ」

滝嶋はそう言うと、一方的に動画をスタートさせた。

バンド編成はボーカルの女性一人と、ドラム、ベース、キーボード、リードギターの男性四人の計五人で、おしゃれな楽曲が上手くまとまっている。フュージョンっぽい曲の仕上げで、リズムセクションが途中のブレイクも含めて複雑でカッコいい。曲半ばで演奏されるギターソロの速弾きは、超絶技巧ともいえるレベルの高さだった。

「いいじゃないですか。私の予想を超えていた」美玖は正直に驚きの感想を言った。

「そうだろ、俺もそう思っている。一日も早くプロとしてデビューしたいんだよな」

「頑張ってね。あなたたちなら、きっと成功するはずよ」

美玖は忖度なく、そう言った。

「ありがとう、頑張るよ。ところで前回一緒に飲んだ時、大学駅伝の話はしていなかったけど、年末の格闘技戦〝RIZIN〟の熱狂的ファンだってことは言っていたよね。誰のファンなの?」

滝嶋は唐突に切り出した。何かを確認するかのように。

「朝倉未来。大好きよ。彼の野性的な強さとしなやかさ、そして優しさに惹かれるの」

「男は喧嘩に強いのが魅力ってことだね」

「いや、それは……ちょっと意味が違うけど」

「まあいいさ。おやじさん、おあいそっ!」

滝嶋はなにかのスイッチが入ったかのように突然、強靭な声を張り上げた。

「ここはいいから。俺が出すから、大丈夫」

ヴィトンのオデオン・ショルダーバッグから財布を出そうとする美玖を制して、滝嶋はそう言った。美玖はそれでも、という仕草をしたが結局、滝嶋に押し切られた。

「ありがとうございます。ではご馳走になります」美玖は深々と頭を下げて礼を言った。


二人は店を出て少し歩いた。目指すのは中野駅なのだが、西武新宿線の新井薬師前駅に近いこの店からは、古い商店街を抜けて十五分くらい歩かなければならない。終電までの時間はあまりなかった。外は粉雪が舞い、路面はうっすらと凍っている。滝嶋はコートの襟を立てて自分のマフラーを外し、美玖の首に巻き付けてやった。

美玖は微笑んで軽くウインクした。彼女の中では、滝嶋という男の本性がよく分からなくなっていた。嘘っぽい男かと思えば、素晴らしいミュージシャンの素質を持ち、厚かましさが鼻につくのだが、純粋に夢を追いかけている男でもある。もう少し時間をかけて、彼のことを知りたくなってきた。だが今夜は、先ず終電に間に合わすことが先決だ。

人影の少ない深夜の商店街を、二人は寄り添うようにして足早に歩いた。白銀灯に照らされる三叉路を曲がったそのとき、いきなり角の向こうから現れた男と美玖の肩がぶつかった。美玖はその勢いで滝嶋の腕にしがみつく。

「気を付けろ、こらっ！　おのれら、どこ見て歩いとんじゃ」

男が巻き舌で恫喝する。

「そっちこそ気を付けろ」

滝嶋が即座に言い返した。

「なんじゃとお？　おまえ誰に向かってもの言うとるんじゃ」

男がそう言って声を荒げると、道の反対側に停まっている白いワゴン車から、もう一人の男が降りてきた。どうやら仲間らしいが、この男たちは二人とも濃いサングラスにマスクをつけているため、殆ど顔が分からない。

「よお、何があったんや」

車から降りてきた背の高い男が関西弁で言い寄った。猫背でがに股で歩く姿は、いかにも柄が悪そうだ。

「この女が俺の肩にぶつかったんじゃ。おお痛っ、肩の骨が外れたかもしれんな。今からこの姉さん連れて、病院行こう思うとる。いろいろと弁償してもらわな、あかんからな」

背の低い方の男が自分の肩をもみながら、そう言ってにやついた。

「勝手なことばかり言ってんじゃねえよ。ぶつかって来たのは、おまえの方だろ」

滝嶋は怯む様子もなく、怒りの矛先を相手の男にぶつけた。

「なんじゃこらっ。小僧、グダグダ言うとると、のしいかにしちまうぞ」

背の高い男が凄んで言った。

（のしいかって、あのヒラヒラしたやつ？　昭和オヤジのような言いかたよね）

美玖は緊迫した場面で、少し可笑しかった。

「ほら、こっち来いってんだよ」

背の低い方の男が、美玖の腕を掴んで滝嶋と離れさせようとした。その瞬間、滝嶋の拳がその男の顔面に、まともにヒットした。鈍い音と共にサングラスが歪み、鼻から鮮血が噴き出して男は蹲った。奇襲と言ってもいいようなタイミングで事が起きた。拳を受けた男は一発で戦意を喪失したのが分かった。慌てたのは、それを目撃した背の高い方の男だ。美玖は目を丸くして驚きながらも、少し嬉しそうな表情をしている。背の高い方の男は一瞬怯んだものの、気を取り直して本気で戦いを挑んできた。夜空をつんざく雄たけびにも似た奇声を発しながら、男は滝嶋に殴りかかった。のけぞって拳をかわした滝嶋は、思い切りその男の膝を蹴った。膝の骨が折れたのではないかというような、不気味に乾いた音が深夜の街に響いた。背の高い方の男は顔面蒼白になり、足を引きずりながらワゴン車に引き返す。それを見てもうひとりの男も、鼻から吹き出す血を両手で押さえながら車へと逃げ帰った。間もなくワゴン車は急発進し、後輪を左右に振りながら猛スピードでその場を後にした。凍った路面には、白雲のような排気ガスが張り付くように漂っている。

「大丈夫だったか、美玖」

滝嶋が心配そうに、美玖の頬を両手で撫でた。

「うん、私は大丈夫。陽介さんは？」

美玖が初めて、滝嶋の名を呼んだ。愛情のこもった言い方だった。

「ありがとう、俺はなんともない」

そう言って滝嶋は美玖を強く抱きしめた。しんしんと舞い落ちる雪の中、瞬きする青白い街灯に照らされた二人の姿は、まるでどこかの劇場でスポットライトを浴びる役者たちのようだった。

＊

年の瀬が迫ると、日本中の居酒屋は猫の手も借りたいくらい忙しくなる。

だがその最中に、唯一ひまな日が一日だけ訪れる。クリスマスだ。この日に居酒屋に行って、焼き鳥や刺身で熱燗を飲もうという人はあまりいない。いるとすれば、クリスマスを祝うことを全く考えていない、限られた年配の客くらいだろう。

そんな日に若い男女四人が、中野にある居酒屋「琥珀」で飲んでいたら、かなり目立った存在になる。しかもその中の女性二人は煌めくばかりの美人であるから、彼らは店内の少ない客の注目の的になっていた。

「さあ、皆で乾杯しよう。メリークリスマス！」

緒方が音頭を取って、皆はワイングラスを合わせた。今夜のメンバーは緒方信二と滝嶋陽介、そして女性陣が木梨美玖と柳瀬サチという組み合わせだ。玄葉は銀座のギャラリー「アールポイント」で、翌日から若手アーティストの個展が開催されるため、そのバニサージ（前夜祭）に参加していて「琥珀」には来られなかった。

「陽介、美玖さんを大切にするんだぞ。玄葉の言う『本物の生き方』をおまえの音楽に反映させろ。そして美玖さんに本物の恋をするんだ」と緒方はいつになく饒舌だった。

玄葉の言う「本物の生き方」について彼なりに考察し、気づきがあったのだろう。そして彼が饒舌になるもう一つの理由は、同席している柳瀬サチに気があるからだ。サチは、滝嶋の持つ二面性や軽さを無意識に忌避している感がある。そして彼女は、常に本質を問い質す緒方や玄葉のような一途な人間に好意を抱くタイプだ。小説家を目指す緒方は、そのあたりの微妙なニュアンスを嗅ぎ取る能力に長けていた。

「俺はいつも本物の生き方をしているぜ。緒方こそガタガタ言ってねえで、しっかりやれよ。負け犬の遠吠えみたいで、聞いてられねえよ」

滝嶋は美玖とサチの前で大見得を切った。品のない言い方だった。

「なにい！　調子こくんじゃねえ。このくそガキが」

緒方はビールジョッキをテーブルに叩きつけて、立ち上がろうとした。

「まあまあ、お友達どうし仲良くやってよ」と言って美玖が仲裁に入る。

彼女はこのような場面では、肝が据わっている。

「そうそう、大人気ねえぞ。いちいちカッカすんなよ。それよか、今夜はトッパーズの二人がテレビに出るんだろ」滝嶋は肩の凝りを解くように、首を回しながら話題を変えた。

「誰それ」と美玖が訊く。主語と述語が抜け落ちた訊き方だ。

「ああ、この店の常連だった二人組の漫才師だ。玄葉が唱えた『自分の生き方を漫才に反映させろ』の言葉に触発されて、もう一度自分たちの漫才を考え直すと言っていったんこの店を離れた。その二人が、今夜遂にテレビデビューするらしいんだ」と緒方が説明した。

「素敵な話。このお店で見られるの？」

サチが嬉々として尋ねる。

「もちろん。二十時からのゴールデンで生放送されるから、皆で見ような」

店主の佐々木が厨房の中から大きな声で言った。今夜は客が少ないせいか店内も静かで、この若者たちの話も筒抜けのようだ。

「ありがとうございます」と美玖が両手の親指を立てて、笑顔で佐々木に礼を言った。

滝嶋は先日の大立ち回りで、完全に美玖の信任を得ていた。強い男に惚れるタイプの女性にとって、二人の暴漢を倒して自分を守った滝嶋はまさにヒーローであり、白馬の騎士のような存在だった。最初は軽い男と見られ、むしろ美玖に嫌われていた滝嶋だったが、一発逆転の出来事だった。美玖は突然雷に打たれたかのように滝嶋への想いを深め、滝嶋はその日、美玖と夜を共にした。

雪が降り積もる深夜、密やかに男女の関係が結ばれた。格闘事件の後、路上で美玖を熱く抱擁した滝嶋は、底冷えのする空気に晒されながら彼女の肩を抱いて夜の街をしばらく歩いた。暗く静かな街並みに、二人の吐息だけが白い航跡を残していった。

やがて二人は新井方面からブロードウェイ横を南下し、中野駅南口を横目に見ながらホテル街に辿り着いた。美玖は気がつくとホテルの一室で滝嶋に抱かれ、凍てついた心を溶かすようにその身を委ねていた。

後日、美玖はサチにその話をした。サチは二人のことを祝福し、クリスマスに「琥珀」で祝杯を挙げようと言った。サチにとっても最初はあまりいい印象でなかった滝嶋という男は、その一件で急速に株を上げ、男を上げていた。

「テレビ画面、チャンネルを合わせておいたよ」

佐々木が厨房内から皆に言う。お笑い番組が始まったようだ。

「あいつら、トリを務めるはずないからさ。早いうち出てくると思うぜ」

緒方が嬉々とした表情で解説する。

「今夜はいろいろと楽しめるね」と美玖が嬉しそうだ。

「いいクリスマスだ」滝嶋が満足そうに焼酎の湯割りを飲みながら、頷いた。

「ところで、滝嶋もあいつらのことを知ってたのか?」と緒方が改めて尋ねた。

「おう、おまえらよりも古くからだ。以前この店で知り合って、もう何年かのつきあいだ」

「なんだ、菅野も須山も俺たちの前ではそんな話、一度もしなかったぞ」

「あいつらは漫才師を目指す前に、岡山でバンドを組んでたんだよ。そんなのもあって、すっかり俺と意気投合してさ」と滝嶋が目を細めて言った。

「おまえと意気投合するなんて、あいつらコンビ名の通り〝とっぱあ〟だな」

緒方が焼酎グラスにレモンスライスを入れながら、やや蔑むように言った。

「なにそれ」と美玖が聞く。

彼女はいつも絶妙のタイミングで尋ねるが、そこには主語述語がない。

「岡山弁で、〝どうしようもない大馬鹿野郎〟って意味さ」と緒方が応えた。

「ぷっ」サチがワインを吹きそうになった。

「さあっ、出て来るぞ。皆さん、注目！」

佐々木が厨房内から大声で言った。彼はいつも大声だ。皆はテレビ画面に目をやった。

司会をする中堅の芸人がトッパーズの紹介をすると、派手な音楽と共に見慣れた二人が勢いよく舞台の両袖から飛び出してきた。

『はあい、皆さんこんばんは。トッパーズの啓太です』

『丈太郎です』

『よろしくおねがいしまあす』と言うこのセリフは旋律がついて、二人でハモッた。

会場内に「おおお」というどよめきが起きる。

「こいつら、音楽やってたからうまいんだよ。こういうのが」滝嶋が得意そうに説明する。

「最初から掴んでんじゃん」美玖が目を輝かせて言った。

ここからトッパーズの二人は、機関銃のような早口でネタを披露していった。

『こいつんちのおかんと、うちのおかんは仲良うて、ママ友ってやつですか？　長い付き合いしとるんですよ。でも聞いてくださいよ。こいつんちのおかん、最近色気づいちゃって、ルイ・ヴィトンのバッグからイヴ・サンローランのリップ出して口紅塗ってやがんの。こんな似合わん取り合わせ、見たことないですわ。どう思います？　皆さん』

『おまえなあ、よう見たか？　そのブランドのラベル』

『おお、よう見たぞ。俺かて、そのくらいのブランドは知っとるからの』

『うちのおかんのは〝類似ヴィトン〟と〝おばさんドウラン〟っていうブランドじゃ』

『あちゃ、そら気づかんかった。悪いわるい。それにしてもおまえんちのおかん、相当なお喋りやな。このまえ、うちのおかんに電話かけてきて、二時間ほど喋りまくったそうや。うちのおかん、次第に頭痛うなってきて……しまいには誰と喋っとるんか、わからんようなったらしいで』

『そんな阿保な。話、盛りすぎや。おまえんとこのおかんこそ、このまえうちのおかんの携帯に電話かけてきといて、話の途中で突然〝ない、ない、私の携帯がない〟とか言って大騒ぎしたらしいやんか。〝あなたが手にしてるモノは、なぁに？〟って聞いたらしいぞ、うちのおかん』

『おもろい話やなあ、作り話にしては出来過ぎや』

『いやいや、ほんまの話やで、これ』

『おまえんちのおとんこそ、このまえ〝わしの眼鏡がない。どこや、どこいった？〟って言っとるのを見たら、頭に眼鏡かけとったで』

『いやいや、おまえんちのおとんこそ、〝忙しい、ああ忙しい〟と言うてたから、〝なにが忙しいの〟って聞いたら、〝あれっ、なにが忙しいんだっけ〟って言っておったぞ』

『もう、やめん？　このシリーズ……』

『せやな。既に飽きられとるな、この雰囲気。これ以上引っ張らんほうがええ』

トッパーズの二人はリズムよく会話し、テレビ初登場としては上々の出来だった。会場は笑いに包まれ、お茶の間のウケも良かった。

客の少ない「琥珀」の店内も、滝嶋たちの笑い声で満たされた。ここまでは……。

『ところでおまえ、その足、どないしたん？　なんか歩き方、変やで』と菅野が訊いた。

『よう言うわ。おまえと一緒にケンカの大芝居を打ったときのケガやんか。知ってます？　お客さん。こいつねえ、私たちの友人からお金もろうて、ケンカの芝居することにしよったんですよ。その友人の彼女の前で、俺ら二人が悪態ついてケンカ吹っかけるんですわ。せやけど逆に、そいつに俺らボコにされるっていうシナリオでね。そいつを彼女の前で、ヒーローに仕立ててやるって寸法ですわ』と須山が種あかしをした。

『ところがそいつ芝居ってのを忘れて、思いっきり丈太郎の膝、蹴っとばしおって、なんとこのありさまです。俺らが本気出してたらあんなへなちょこ野郎、一発で〝のしいか〟にしてやったんやけどね』と菅野が、わざと悔しそうな顔を作ってみせた。

『その〝のしいか〟ってなんやねん。古い言い方やなあ。おまえ、もしかして昭和のオヤジか？　年齢ごまかしとんちゃうか』

『そんなことあらへんで。ナウなヤングのわしは、れっきとした平成生まれや。やや古臭く感じるのは〝昭和研究会〟で、熱心に昭和を研究し過ぎたせいかもしれんけどな』

『なんじゃ？　その昭和なんとかってのは』

『そんな事どうでもええわ。それより時計見てみい、そろそろお時間がよろしいようでんな。このへんで我々も、ぼちぼちドロンしますかな？』と言って菅野は、左手の人差し指を右手でくるみ、右手の人差し指を上に立ててオマジナイの仕草をした。

『それが昭和やっちゅうてんねん！』

トッパーズのテレビデビューは、日本中で大喝采のうちに終わった。ある居酒屋でのひとグループを除いて。

4.

「なんか変な空気が流れてないか？」と緒方が問うた。

トッパーズの漫才の最後の辺りから、同席している三人が固まってしまったからだ。

滝嶋は顔面蒼白になり、焼酎のグラスを持つ手がカタカタと小刻みに震えている。

美玖の顔は酔いとは違う紅潮状態になり、滝嶋を睨むきつい目線と合わさって憎悪の塊と化していた。サチはすべての状況を把握した上で、怒りとも落胆ともつかない表情を浮かべている。

「帰るわ。あんたって男、最低！」

美玖が発した言葉は、女が男に見切りをつける際にどこででも使い古された紋切り型の台詞だった。

「ちょ、ちょっと待ってくれ」と滝嶋が未練がましく美玖の肩を掴んだ瞬間、「ピシャッ」という乾いた音と共に美玖のビンタが飛んだ。

「たっ、痛たっ」滝嶋は頰を押さえてその場に立ちつくした。

空気が凍っている。他の客や店スタッフが驚きの表情でこの騒動を見ていたが、滝嶋が周囲を見渡すと、皆は目線をそらした。店の中は静まり返り、テレビから流れてくる騒々しい笑い声のみが店内に響きわたっている。

「おい、まあ座れや」

緒方が沈黙を破るように言った。美玖は店を飛び出し、滝嶋は立ちつくしている。

「チッ」と滝嶋は舌打ちをし、財布から五千円札を出してテーブルの上に投げた。美玖のも合わせて二人分の代金だ。滝嶋は終始無言のまま、険しい表情で壁に吊った革ジャンを羽織ると、わき目も振らず店を出ていった。


「なんなんだ、あいつら」と緒方が大きなため息をついた。緒方は日本酒の熱燗をぐい呑みに注ぐと、一口で飲み干した。

「サチはなにか知ってるのか」と緒方はサチの目を見て訊いた。

「ええ。知ってる」

「なにがあった」

「トッパーズの二人がネタで言っていた〝ケンカ芝居の依頼人〟とは、滝嶋だったたってこと」

「はっ？　なにそれ。はっ？　意味わからんし」

「あのネタは〝トゥルーストーリー〟つまり事実に基づいた話よ。玄葉さんの言った、『自分たちの生き方をネタに反映させろ』をやったんだろうね」

少し考えていたが、今度は緒方も理解できたようだった。緒方は背中を壁にもたれさせ、天井の照明を見て大きく息を吐いた。得たばかりの友人たちが手の中からするすると離れていくような寂寞感を、彼はまたも感じていた。

その日を境に、「琥珀」に集まる若手メンバーが大きく変わった。滝嶋と美玖は姿を見せなくなり、緒方とサチ、そしてそこに玄葉が合流するという編成になった。菅野と須山はトッパーズの知名度が上がるにつれ、テレビやラジオの露出度が増えたため「見慣れた感」はあるのだが、店にはとんと来なくなった。サチは、緒方や玄葉の生き方に多くの事で共感するようになっていた。美玖と同じIT企業で働く彼女は、会社組織の一員としての日々を送っている。緒方や玄葉もいまは生活のために会社勤めをしているが、いずれ独立して作家や画家として暮らしていくことを考えている。サチは夢を追い続ける二人の青年に好意を抱き、その生き方に触発されることが多かった。

＊

サチには兄弟姉妹はなく一人っ子だ。従兄の拓海が国際弁護士として活躍し、「志士の会」という組織で現政権のもとで活躍しているが、サチと会うことはここ十数年なかった。父親の実家は神戸だが、サチは生まれたときから東京で田舎を知らない。彼女が三歳の時に両親が離婚し、母親の手で育てられた。サチは病弱な母の家事を手伝いながら勉学に勤しみ、都内の大学を出て大きな会社に就職することができた。サチは、自分を女手一つで育ててくれた母親に感謝し、恩返ししようと思っている。そのためにも理想の相手を見つけ、しっかりした家庭を築くことを夢見ていた。

一方、別れたサチの父親の譲二は、関東圏を束ねる闇の世界で名を馳せ、ある組織に君臨していた。サチも母親の恵子も、そのことは風の便りに知っていたが、意識して自分たちの生活から遠ざけていた。サチの幼いころの想い出は、両親に手をつながれて桜の花を見にいった日のことだ。優しい父親の笑顔しか、彼女の想い出には残っていない。サチは心の奥底で、いつまでもその日の父親の姿を追い続けていた。

「今夜は玄葉も来るらしい。久しぶりに奴の近況を聞きたいな」と緒方がサチに言った。

「楽しみだね」赤ワインを口にして、サチは嬉しそうに応えた。

サチは緒方と付き合い始めていた。緒方とも玄葉とも、サチは両方に好意を抱きながら交友を重ねたのだが、緒方の方がサチへの引きが強かった。アプローチをかけてくるのは、いつも緒方からだった。サチがマイナス極の磁石だとすれば、緒方はプラス極の磁石で、玄葉は金属の塊のような存在だった。両者の間には、互いに引き合うものがあるのだが、玄葉より緒方の方がずっと強い磁力を発していたのである。そう言った意味ではサチや美玖をマイナス極としたとき、滝嶋という男もマイナス極だったのかもしれない。決して惹かれあうはずのない二人が、偽の生き方を演じることで無理やり一緒になっていたようなものだ。だから真実に目を向けた瞬間、弾きあうように一気に両者は離れて行ってしまった。手にしたフランスワインのサンテミリオンを舌先で味わいながら、サチはそんなことを考えていた。

「悪いわるい、遅くなったな」と言って玄葉が白い息を凍らせながら、店に入ってきた。

「おっ、ご苦労さん。忙しかったんだろ」

そう言って緒方がテーブルに重ねてあるぐい呑みを取り出し、熱燗を注いでやった。

「まっ、とりあえず乾杯しようぜ」緒方がそう言うと、三人は杯を合わせた。

「どうだ、最近。いい作品に出合ったか?」緒方がぐい呑みを置いて尋ねた。

「ああ、うちの画廊は来春ニューヨークのアートフェアーにブースを出すんだが、それに出品するアーティストたちは若手、ベテラン共にいい作品を揃えてきたよ」

「素敵ねえ、ぜひ観たいな。ニューヨークまで行かなきゃ見せてもらえないの？」

サチがグラスのワインを一気に飲み干して尋ねた。

「当然だ。航空券と入場券を今からでも予約しておいてくれ」

玄葉が突き放すように言った。

「なにそれ、冷たいね」

サチは少し赤らんだ頬を膨らませた。

「俺の言うことを何でも聞けば、うちの画廊で見せてやってもいいけどな」と、玄葉が思わせぶりに言う。

「いいよ、なにもそこまでしなくっても。この変態」

サチはそう言って、緒方の肩に寄り添った。

「へ、変態ってなんだよ。俺と寝たこともないくせに」

「それ以上言わなくってもいいよ。私にはわかるんだから」

「あのな、何か勘違いしていませんか、お嬢さん。〝俺のいう事を聞けば〟の意味するところは、もっと高尚な次元の話であって、例えばゴーギャンの一生を洞察してその死生観を述べよとか、ラピスラズリを瑠璃色と群青色に分別するには、どう定義づけるかとか」

「いいえ違います。あなたが言ったのは〝俺の言うことをなんでも聞けば〟だったでしょ。この〝なんでも〟が既にセクハラで変態なんだよ」

「あっちゃあ」玄葉はサチの鋭い指摘に反論が行き詰まり、もうどうでもよくなった。

「この不毛な議論はやめにして、アート論議に話を戻そうじゃないか」

ぐい呑みの酒を一気に飲み干すと、玄葉はそう言って現代アートシーンについての蘊蓄を語り始めた。

「小山登美夫とか辛美沙の著述したものを読めば、現代アートの潮流が見えてくるはずさ」

玄葉は、まずは自らの経験から伝えようとした。

「いや、俺が聞きたいのは、彼らギャラリストやキュレーター、或いはアートディレクターと称する人たちの意見や考えではない。彼らなりに頑張っているのは分かるが、なぜ日本は、かくも世界の現代アートシーンから疎外されたかっていうことだ」

緒方が少なからず憤りを見せて言った。

「私もそう思う。だって一年間に美術館に足を運ぶ人の数は、日本が世界でもトップクラスなんでしょ？それなのに現代美術に関しては、あまりにも無頓着だと思わない？」

奈良美智ファンのサチでさえ、そこは同意した。

「二〇一八年、国内の展覧会の入場者数の一位と二位は、六八万人を動員した『フェルメール展』と、六七万人近くを動員した『ムンク展』だ。だが三位につけたのは、現代アートの『レアンドロ・エルリッヒ展』で、六〇万人を超える入場者数だった。開催場所である森美術館の館長が言うには、『現代美術の作家でこれほどの数字を記録することは極めて珍しい。いま欧米で増えつつある参加型、没入型の展覧会は人を惹きつける』ということだ」と、玄葉が〝日本の現代アート熱も捨てたもんじゃない論〟を展開した。

このとき緒方とサチは、玄葉の持論である「自分の生き方を作品に反映させろ」の深淵なる意味を汲み取った。人を惹きつけるのは、リアルに参加する作品だという事を、現代アートの世界でも物語っていたのだ。

「更に言うと、二〇二〇年の世界の美術館の入場者数ランキングで、日本の金沢二一世紀美術館が第九位にランクインしている。コロナ禍の影響で、休館日が世界中でまちまちだったが、この数字は凄いものがある。そしてこの美術館は、『まちに開かれた公園のような美術館』をコンセプトに、現代アートを軸にした参加型の無料展示を随所に配している。先ほどのレアンドロ・エルリッヒが展示するプールは、プールの外からも中からも景色が見える仕組みになっていて、『双方向から見ることによって得られる真実』に気づかされる人も多いだろう」

玄葉が知悉する日本現代アートの情景について、彼はここを先途と一気に述懐した。

「そ、そうなんだ」サチは圧倒され、その知識の渦に呑み込まれていった。

「そんなことは別として」と、緒方が反論の狼煙を上げた。この〝そんなことは別として〟の接続詞を使う者は意外と多い。人が苦労して積み上げたものを、この一言で一蹴してしまう乱暴者たちだ。自分のよく分からない、或いは苦手な分野の話題は脇において、自らが得意とする分野へ無理やり話題を引きずり込むタイプだ。

「おまえの言っていた〝人生を作品に反映させろ。本物の生き方を探れ〟ということについて、トッパーズの二人は彼らなりに熟考して行動に移した。その結果として、ネタ中での〝ケンカ芝居の暴露〟に至ったんじゃないのか?」

緒方は見事に話題を切り替えていた。

「ああ、その通りだ。奴らなりに考えての事だろう。だが問題はそれ以前にある。そもそも金のためにあの下品な大芝居を買って出たというところが、トッパーズの偽りの生き方そのもので、〝本物の生き方〟の対極にある」

「そうだよ、その一番の被害者が美玖だからね」とサチが腹立たしそうに言った。

「俺もそれは同意するよ。結局、トッパーズの二人は中途半端な本物になろうとしたんだ。いまは波に乗っているように見えるが、この先、前途多難だな」と緒方が頷いて言った。

「俺にはよくわからんが、『芸人の世界』っていうのも厳然とあって、マスメディアに映らないからといって身近なところでいい加減な生き方をしていると周りから相手にされなくなったり、行き過ぎた悪行を暴露されたりして、結局は干されるんじゃないのかな」と玄葉は言い放つと天井を見上げた。

玄葉の言い分はいつも正しいように感じられる。

「絶対そうだって。いやほんと、やばいよあいつら。勘違いしないように玄葉からも、もう一回アドバイスしてやれよ」

緒方は心配のあまり、身振り手振りの語り口だ。

「それには、あの二人がこの店に帰ってこなきゃ駄目だ。今頃は芸人仲間たちと六本木や麻布界隈で遊んでいるのかもしれないが、売れ始めたときこそ、原点に返って確認すべきことがあるはずなんだ。仏教の教えにもある。『迷ったときは元の場所に戻りなさい』とね。だが彼らが不幸なのは、迷っていることに気づいていないことだ」

玄葉の理屈は終始一貫していた。——画家というよりも、企業の幹部育成セミナーの講師でもやった方がいいのではないか——とまで皆を思わせるような時がある。

「さあ、今夜のセッションはこのくらいにして、そろそろ引き揚げるか」

緒方はそう言うと、ホールのスタッフを呼んで会計を依頼した。

「楽しかった。また次回、この三人で集まらない？」サチが嬉しそうに言った。

「ああ、俺はいつでもいいから呼んでくれ」

玄葉は財布から出した千円札を数えながら応えた。

「次回は緒方クンの作家活動について聞きたいな」とサチが上目遣いに言う。

「いいねえ、最新の小説を披露しろよ。触りの部分だけでもいいから」と玄葉が催促した。

「あっ、それいいねえ。是非そうして！　この場で作家さんが読んで披露するって、最高じゃない」

サチが歓喜して同調する。

「発表前の作品を、作家自身が俺たちの前で読んでくれるとは。贅沢な話だ」

玄葉がこれで決まったようにそう言うと、緒方が慌てて反論した。

「なに言ってんだよ。自慢じゃないが、俺はまだ一冊の本も出したことないんだぞ。作家もサッカーもあったもんじゃないわ」と照れ臭そうに怒ってみせる。

「その正直なところが、おまえのいいところだ。本物の生き方に近いな」

「ち・か・い、か。本物とまではいかんのじゃな」と緒方はごもく語で確認した。

「あたりまえだ。それはおまえが大物作家になったときに、世間が評価することだ。まだ出版もしていないんだからな。でも、書くのは書いているんだろ？」

「それはもう、毎日」

「オーケー！　じゃあ次回、数枚でいいから最新の原稿を持って来いよ。約束だぞ」

玄葉はツーウェイ・ワンジョブの男らしく、ひとつの約束を得るために何度も説得した。

「なに勝手に約束してんだよ。そもそも約束ってのはな、両者の合意のもとに……」

「ああ、もう面倒くさい。黙って持ってくればいいの。それだけのことよ」

サチの締めの一言で、この場のカオスはすべて解決した。

＊

緒方とサチは、その後も何度か食事を共にした。「琥珀」だけでなく、イタリアンやフレンチ、中華料理など世間で評判の美味しい店をネットで探しては、デートを重ねていた。ときには銀座のウィンドウショッピングで時間を過ごし、ときには上野で美術館巡りを楽しむなどして、二人は互いの理解を深めていった。磁石でいうプラス極とマイナス極。強い磁力で惹かれあう二人は、なにも偽ることなく素の自分を曝け出し、互いを理解しあった。そんな幸せな日々を過ごすうち、サチはごく自然に緒方と夜を共にした。

週末の夕方、二人は緒方のアパートの近くにある寿司屋で夕食をとり、サチはそのまま彼の部屋を訪ねた。年も明けて一月も終わりに近づくころ、寒風吹きすさぶ夜だった。部屋に入ると、緒方はエアコンをつけ湯を沸かした。1DKの狭い間取りだが建物はまだ新しく、アパートというよりもコーポといった方がふさわしい。部屋にはあまり生活用品がなく、備え付けの棚にはびっしりと書籍が並んでいる。壁には木目のダイノックシートが貼られていて、それなりに落ち着いた雰囲気を醸し出している。見方によっては殺風景な部屋なのかもしれないが、違う見方をすればシンプルでお洒落な空間だ。

よく見ると不要なものは一切置かず、ミニマリストとして几帳面に整理された部屋はモノトーンの無機質さを演出していた。照明はすべて間接照明で、暖色系のLEDライトが部屋の何箇所かに配置されている。〝男の住まい〟としての清潔感があり、シックな佇まいを呈していた。

緒方はポットから湧いた湯を出してレモンティーをつくった。サチは彼がコーヒーを飲まないのは知っていたが、レモンティーが出てきたのには少し驚いた。

「ありがとう、頂きます。でも、もう私の事で気を遣わないでね」

「いいさ、気にしなくて。どうせ俺も飲むんだから。……音楽でも掛けようか」

「いいね。聴かせて」

「グローヴァー・ワシントン・ジュニアの『ジャスト・ザ・トゥー・オブ・アス』という曲だ」と言って、緒方は数あるCDの中からその曲を選んでCDプレーヤーに差し込んだ。JBLコントロール・ワンの小さなスピーカーから、質の良い楽曲が流れ始めた。

窓に目を向けると、街灯に照らされた自販機に粉雪が舞っている。部屋は程よくエアコンが効き、暖色系の間接照明が互いの表情に魅力的な陰影を与えてくれた。室内には仄かにレモンの香りが漂い、その何もかもが二人の心を溶かすような心地よさを演出した。緒方がこの日のために、特別に何かを仕立てたわけではない。彼の普段通りの行動の中でこの落ち着いた雰囲気が醸成された。サチは勘のいい子だ。無意識にそういったことを感じ取っていた。それがこの部屋の居心地の良さと、緒方への信頼感を支えている要因だということを彼女はよく理解していた。

「寒くないか?」

「大丈夫。ちょうどいい」

二人はウェッジウッド・ボカラのティーカップを脇に置いて見つめあった。言葉が途切れたというより、来るべきタイミングで沈黙が訪れた。緒方はサチの肩を抱き寄せ、唇を合わせた。柔らかくていい香りがした。

サチは目を閉じて緒方の厚い胸に身を委ねた。

二人は身も心も溶けてしまうかのように互いのからだを合わせた。

外は音もなく、自販機の上に雪が降り積もっていた。

5.

年が明けてから時間が経つのは早かった。誰もが日々の喧騒に追われ、気がつくともう二月半ばに差し掛かっている。週末の夕方、緒方は玄葉を誘って「琥珀」で飲んだ。

前回、サチを入れて三人で集まってから二週間ほどが経っていた。緒方はずいぶん久しぶりに店に来たような気がした。

「一か月ぶりぐらいかな、ここで飲むの」と、ぼそっと緒方が言った。

「その半分だよ」玄葉はいつも正しい事を言う。

「そうか」

緒方はホールのスタッフを呼んでファーストオーダーを頼んだ。いつだったたか、ファミコン言葉を駆使したあの女子大生バイトのスタッフが来て、注文を聞いた。やはり今日も、茶色の髪を頭巾の中に入れ、ピンクのゴム紐で後ろ髪を束ねている。健康的な明るい笑顔もこのまえと一緒だ。となると、件のファミコン言葉は？

皆が気になるところだ。

注文を聞き終えた彼女が言った。

「ご注文のほうは以上でよろしいでしょうか？」

「出たあ」二人が声をそろえて言った。

「えっ、なにが？」

そう言って女子大生バイトのスタッフは、慌てて髪の毛と頭巾をチェックする。

「気にせんでええよ。君の可憐な笑顔が出たんで、俺たち喜んだんだ。メニュー表には載っていないが、君の笑顔は一回につきいくらだ？」と緒方がごもく語を駆使して訊いた。

「無料でサービスしています」当意即妙の返答だ。

「ありがとう。因みに、この店のおやじの笑顔はいくらなのか訊いといてくれ。誰も注文せんけどな」と緒方が真顔で言った。

「なるほどですね。聞いときます」

女子大生バイトのスタッフは、更なる笑顔を振り撒いてパントレーへと戻った。

「おまえが時々発する岡山、大阪、東京の変なごもく語が、あの子にも伝染ったたな」

玄葉はそう言うと、可笑しそうに微笑んでメニュー表を見た。

「あの子、最後にもう一発かましていったな」と緒方が指摘する。

「『なるほどですね』は文法上、完璧ＮＧじゃ。美しいほどのファミコン言葉と言えるな。副詞の『なるほど』に『です』の付加は不可能。しかも『なるほど』は敬語じゃないんで、ちゃんと言おうとしたら、『おっしゃる通りです』が正しい」

緒方は「物書き」らしく、自信ありげに滔々と解説した。

「なるほどですね。よく分かりました、作家さん。でもいつだったか、そのファミコン言葉をスーパーファミコンの用語だと思っていらしたのは、どこの誰でしたっけ？」と玄葉がおちょくって言った。

「済んだことを言うな。いまを生きろ」

「はいはい、よくぞここまで勉強されました。ネット検索でしょうかね」

「そういうこと。余程、悔しかったんだろうな、あのときの俺」と緒方が素直に認めた。それも彼のいいところだ。

「ところで今夜は、サチを呼んでいないのか？」と玄葉が訊いた。

「ああ」

「あれだけおまえの小説を楽しみにしていたのに、薄情な奴だな。さては原稿が間に合わなかったのか」

「いや、ちゃんと書いた」

「だったらなぜ、彼女を呼ばなかったんだ」

「まあいいから聴け」

緒方はそう言うと、携帯にイヤフォンをつないで玄葉に手渡し、ターコイズブルーのトートバッグから原稿らしきものを取り出した。

「これが原稿だ。だがこの店で大きな声で読み上げるのはみっともないし、内容的にもふさわしくない。だから朗読して録音しておいた。ＢＧＭ付きでな。ＪＢＬのスピーカーから曲を流しながら朗読し、それをこの携帯に録音したんだ」

「ほほう、しゃれた演出だな。誰の曲だ？」

「レイ・ブライアント・トリオの〝ゴールデン・イヤリングス〟という曲だ。高田馬場のＢＩＧ・ＢＯＸで昔買った、お気に入りのアルバム『プレスティッジ』に収録されている」

緒方はそう言うと、原稿も玄葉に手渡した。

「早速、聴かせてもらうぞ。原稿に目を通しながら、そのＢＧＭ付きの朗読も聴けばいいんだろ」

「そうだ」

緒方は、サチをこの場に呼ばなかった理由を言わぬまま、事を前に進めていった。

玄葉はまず録音を聴いて原稿を読んでから、その理由を訊こうと思った。

玄葉はイヤフォンを耳につけ、携帯の再生ボタンのスタートを指でなぞり、同時に手にした原稿を読み始めた。


【深い夜】


駅からの帰り道、俺はコートの襟を立てた。煙草をくわえ火をつける。

ゆっくりと静かに吐き出す煙。

そして凍てついた白い吐息。それらすべてが、煙草の紫煙のように思われた。

その時の俺はというと、ただ漫然と視界を眺めているに過ぎなかった。

白く凍った街に静謐な時間が流れている。

ついさっきまで自分の中にあった彼女のぬくもりが、淡い残り香とともに微かな余韻となって、俺の心を包んでいた。

昨夜、俺はサチと夜をともにした。俺の中で静かな寝息を立てる彼女が、この上なく愛おしかった。それは毎日の生活の中で、時折ふっと顔を見せる寂寞感にも似ていた。

「離すものか」俺は心に誓った。

「このことを一概に、利那的と言ってしまうことが出来るだろうか」

心の中で陽介に、そして自分自身に問いかけた。

陽介は俺のことを『刹那主義に塗れたどうしようもない不逞の輩』だと言ってよく非難した。勿論俺は、それに対する十分な反論を用意していたが、いつも無意識のうちに論争を回避していた。生半可な議論をかわすのが嫌だったのだ。

しかし今ではもう陽介もいない。月日の流れと共に、多くの人たちが俺の前を通り過ぎていった。引き止めたくても留めることのできない流れがそこにはあった。

自分達にはどうする事も出来ない、なにかに操られた大きな力だった。陽介とて例外ではなかったのだろう。

カチッというライターの音とともに仄かな光……そこで俺は我に返った。

眠りから覚めた彼女が煙草に火をつけ、こちらに差し出した。そんなサチの仕草が彼女の中の女を一層意識させる。

俺は静かに煙草を吸う。気だるい情事の後の静寂が二人の間に漂った。

そのとき下手な冗舌はまったく無用のものだと感じた。明らかに彼女は俺に沈黙を求めていた。如何な唯物論的教養も、雑学で仕入れた下手なジョークもここではふさわしくなかった。

俺は煙草の煙をフィルターに、彼女の方に眼を向ける。

しなやかな脚と、優美にカーブしたウエストの線、半ば開かれた柔らかそうな唇、そしてどこか遠くを見つめている、深くて美しい瞳。

この愁いを帯びた瞳だけは、何故か直視することが出来なかった。

それほど彼女の哀しみは深いのか。

そのとき俺は、自らの想像力の欠如を思い知った。


朝が来て、サチを駅まで送った。

彼女と別れての帰り道、早朝の歩道をずいぶんと歩いた。

外気の寒さでコートの襟を立て、透き通った空を見上げた。

それらの行動にはほとんど思考は伴っていなかっただろう。

サチの余韻をかみしめるだけで、頭はただ朦朧としていた。

部屋に帰ると、俺はシーバスをグラスに移し、一気に飲み干した。

冷えきったからだが芯から溶けるようだった。

それは自分自身に捧げる、ささやかな祝杯でもあった。


「うん、いいな」原稿を読み終えた玄葉が開口一番に言った。

「情景と心情がシンクロして、共に目に浮かぶ。美しい文章だ」

玄葉はいつも正しいことを正しく言う。この評価もそうであってくれればいいのだが、と緒方は思った。

「ここではとりあえず、本名を使ってしまったが……」と緒方が、玄葉の意見を訊きたい素振りで言った。

「いいんじゃないのか？　自分の生きざまそのものを作品に投影していて。断然、本物感がある」玄葉はえらく気に入ったようだ。

「おまえの好きなショーケンの作品作りに影響されたのかもな。煙草を吸うところも昭和っぽいだろ。だが名前をそのまま使うかどうかは、サチが了解してからにする」と緒方がやや遠慮がちに言った。

「結構な話だ」

「そこでサチの件だが……」緒方がそう言いかけると、「呼べば良かったんだ」と玄葉は即座に言った。

「この話が真実であろうとなかろうと、多くの人に読んで貰いたい。サチに対しても同じことだろ」と玄葉が、我が事のように主張した。

「実は俺はウイスキーを飲まない。随所に小さな嘘が潜んでいる」

緒方が細部を気にして言う。

「いいんだよ、小説なんだから。小石に躓くな。『小義にこだわりて大義を見過ごすは、即ち愚なり』っていうだろ？」

「誰が言った」

「俺が言ったんだよ」玄葉節が止まらない。

「なんなんだそれ」

「早く続きを書いて、是非この小説を仕上げてくれ。楽しみにしているぞ」

「おまえ、どこかの出版社の者か？」

緒方が眉を八の字にして、笑いをこらえるようにして言った。

「ギャラリストやキュレーターの仕事をしていると、そこらと似たり寄ったりになるんだよ」

玄葉はそう言うと、生ビールを一気に飲み干した。彼が空の中ジョッキをテーブルに置くと、ホールを巡回している女子大生バイトのスタッフがすかさず回収しにやって来た。

「お飲み物のほうはいかがいたしましょう」

「ファミコン塗れじゃのう」と緒方がごもく語で言った。

「えっ？」

「なんでもない。芋焼酎の湯割りを二杯くれ」と緒方は言って玄葉の顔を見た。

玄葉は同意して頷き、空になったビールジョッキをスタッフに手渡した。

「ところで仕事のほうはどうなんだ」

玄葉はおしぼりでテーブルの水滴を拭きとりながら、緒方に訊いた。

「どうって、銀河出版社でいつも通りにやってるよ」

「そうじゃなくて、そろそろおまえの本を出せよ」

「この秋に出版することになった」

緒方は、お通しのきんぴらごぼうを箸で摘まみながら平然と言った。

「えっ、マジか！」テーブルを拭く玄葉の手が止まり、緒方の顔を見る。

「まじまじと見るなよ。マジだ」

緒方はときどきおやじギャグを入れる。

「そんなの要らん、トッパーズにやっとけ」と、玄葉は鼻に皺を寄せて怒った。

それを見て緒方は、実家で飼っている柴犬が怒ったときの表情に似ていると思った。

「悪いわるい。冗談はさておき、俺も出版はとても楽しみにしている。だが実は小説ではなく、エッセイなんだ」

と緒方が少し不満そうな顔で言う。

「エッセイだろうとイッセイ緒方だろうと関係ない」

玄葉は上手いこと言ったと自分でも思った。

「うっせぇうっせえ、うっせぇわ！　それもトッパーズ行きじゃ」と緒方がいきり立って言った。玄葉の方が面白いことを言うので、少しイラっとしたようだ。

「おまえ、ほんとによくやったな。こんなに早く本が出せるとは思っていなかったよ」

玄葉は緒方が落ち着くのを待って、感慨深そうに言った。

「おう、ありがとう。俺もそう思っている」と緒方も少し落ち着いた様子だ。

「どうやったんだ?」

「日常の些細なことから、政治や社会の大きな変動に至るまで、そのとき思ったことをそのまま書いている。高校生の頃からずっと書きためてきたんだ。途中からパソコンに入れるようになった。その莫大な量の原稿から、テーマを絞ってピックアップして、一冊の本にした。おまえがいつも言っているだろ。〝自分の生き方そのものを作品にしろ〟ってな」

「おみごと」

玄葉は感心した表情で左右に首を振り、おしぼりでテーブルの水滴を最後のひと拭きした。

「だがな、この業界、そんなに甘くはないぞ。今回の出版には俺も少々出費しているんだ」

緒方は焼酎の湯割りグラスのふちを指でなぞりながら、何かを思い出すように天井を見上げてそう言った。

「どういうことだ？」玄葉がすかさず訊く。

「有名な作家が本を出すのを『商業出版』といい、一般の人が自費で自分史とかを書いて一〇〇冊ほど製本するのを『自費出版』という」

「ああ、それくらいの事は俺も知っている」

玄葉はそう言うと、芋焼酎の湯割りを口に含んで目を輝かせた。興味深く話を聞いているようだ。

「俺がここで出す本は二〇〇〇冊で、全国の有名書店にも並ぶしネット上でも販売される。だから自費出版とは違う。大手の出版社が、俺の原稿を気に入ってくれたからこそ出来る業だ」

「立派なもんじゃないか」

玄葉は少し温度の落ちた湯割りグラスを両手で挟み、手のひらを温めながらそう言った。

「いくつかの出版社に原稿を送ってそのうちの一社が気に入ってくれたんだが、彼らからすると、名も無き作家の本を出すというのは、大きなリスクを背負う事にもなる。当たればいいが、売れなかったら大損だ。そこで、その社の上層部からの提案が、『協力出版』というものだった。ほとんどは出版社がお金を出すが、作家自身もいくらか経費を出してほしいという事だ」

「受けたのか？」

「受けた」

「良かった、俺でもそうする。千載一遇のチャンスを無にする手はない」

玄葉がほっとした表情でそう言った。

「いままで貯めてきたお金を半分ほど崩したけどな」

緒方はそう言うと、少し寂しそうに再び天井を見上げた。

「それで足りれば十分。〝我が意を得たり〟だろ」

「ああ、全部自分持ちだったら、いくら働いても足りない額だったからな」

「おまえの勤める銀河出版社にも、その原稿は見てもらったのか？」

玄葉が目を輝かせて訊いた。

「いや、うちの社は教育図書が主体でジャンルが違うので、まだ見せていない」

「大手出版社からおまえの本が出ると知ったら、会社の人間、驚くだろうな」

「そうだな。いつ言おうかと考えているところだ」

「印税ってやつはどうなる？」

玄葉は湯割りグラスに梅干を入れて掻き混ぜながら、嬉しそうに尋ねた。

「おまえは画家のくせに、すぐ金の話になるな」

「なに言ってんだよ、ギャラリストだぜ、いまの俺は。一円でも高く絵を売るのが仕事だ」

「実際に売れた冊数に対するパーセント掛けで、出版社が支払ってくれる。年間を何回かに分けて集計してくれるみたいだ」

「頑張って売れよ、応援するぜ」

「ありがとう。まずはおまえが一冊買ってくれ」

「身内や知人が買う数冊を、こじんまりと期待してんじゃねえよ。二〇〇〇冊だぜ、おまえの当面の目標は」

と玄葉は叱咤激励した。

「そうだな、俺の知らない人たちが一五〇〇円ものお金を払って、俺の書いたものを買ってくれるなんて、考えただけでも震えがくるよ」

「しかも二〇〇〇人だぞ」

玄葉は先ほど焼酎に入れた梅干が効いたのか、眉間と鼻に皺を寄せながらそう言った。

「売れたらいいいな」

「ベーブ・ルースの言葉に、『簡単ではないかもしれない。でもそれは、出来ないという理由にはならない』というのがある」

玄葉は自分の持つ知識の蔵から、はなむけの言葉を探し出して緒方に送った。

「黒人初のメジャーリーガー、ジャッキー・ロビンソンが言った。『〝不可能〟の反対は、〝可能〟ではない。〝挑戦〟だ』ってね」

緒方も当意即妙の言葉で返した。酔った二人が一言半句まちがえずに暗唱できたのは、何かの力がそこに働いていたのかもしれない。

6.

玄葉の携帯に登録外の番号から着信があったのは、午後二時をまわった頃だった。契約アーティスト作品の展示作業中だった為、玄葉はいったん部屋を出て廊下で電話に出た。

『もしもし……わたし、美玖です。木梨美玖です。お忙しいところ突然にすみません。いま電話、大丈夫でしょうか？』

「あ、美玖ちゃん？　サチと友達の？　久しぶりだね。元気にしている？」

『よかった、覚えていてもらえて。〝琥珀〟を飛び出して以来、お店にも行っていないし。サチから緒方さんと玄葉さんの携帯番号を聞いていたので、つい掛けさせてもらいました』

「全然かまわんよ、そんなこと。俺も美玖ちゃんのこの番号を登録しておくよ」

『ありがとうございます。いまの時間はお仕事中でしょうから、和樹さんのいいときにお電話ください』

「わかった。じゃあそうする。では、後ほど」

『失礼します』

玄葉は胸がときめいた。美玖の可憐な表情と、美しく調和のとれた体が彼の頭の中に浮かんだ。以前の美玖よりも声に艶があり、控えめな言葉遣いが一層大人の色気を感じさせた。そして短い会話ではあったが、最後に自分の事を『和樹さん』と呼んでくれたことが、彼を完全に打ちのめしていた。美玖への憧憬は、最初にあったときからずっと抱いていた。だが、滝嶋がつきあう彼女としての美玖であり、いまは滝嶋と別れた後の美玖であった。いずれにしても滝嶋陽介という男の名前が、常に彼女の冠には付いている。玄葉は物事を正か邪で判断するあまり、自分の行動範囲を狭めてしまうことが多い。美玖への想いも、彼のそういった性格によって不自然なほど封殺され続けていた。

玄葉は展示作業を終えてギャラリーのオーナーに一言挨拶すると、急いで外に出て電話をかけた。自分が登録した『木梨美玖』という文字が画面に表示されただけで、胸がドキドキした。美玖からの電話の要件は、きっと何かの相談に違いない。もしかしたら滝嶋との復縁のために、自分に力添えをしてほしいということかもしれない。それはそれで、気持ちよく請け負ってあげるのが自分のとるべき態度だろう。

玄葉は携帯の呼び出し音を聞きながら、いろんなことを妄想した。美玖の話の内容について想像するのに、後でショックを受けないよう過度な期待は意識的に避けていた。心にショック・アブソーバーを装着して相手が出るのを待った。五、六回のコールで美玖が出た。意識的にではないのだろうが、ほどよい待たせ方だった。

「はい、美玖です」

「お待たせ。いま仕事を終えて銀座の街を歩いている」

玄葉は聞かれもしないのに、自分の状況を明確に伝えた。話の内容次第では、電話よりも直接会って話を聞いた方がいいだろうと思ったからだ。相手に自分の位置情報を正しく伝えることで、今日のうちに会うか会わないかは相手が考えるだろう。そのための判断材料を、玄葉は短いセンテンスの中で相手に提供した。本当は自分がすぐにでも会いたいために今いる場所を言ったということを、玄葉は分かっていた。ツーウェイ・ワンジョブの男にしては、上出来の効率の良さだった。

「お疲れ様です。私も仕事を終えたばかりで、いま大手町にいます。お互いに近い場所なので、もしよければ会っていただけないでしょうか」

「いいですよ。では銀座の『サグラダファミリア』で会いましょう」

「ありがとうございます。すぐそちらに向かいます」

「やったあ!」電話を切った後、玄葉は声を出して喜んだ。その直後、ちゃんと電話が切れているかどうか、慌てて携帯の画面を確認した。

今夜、美玖と二人でお気に入りのバル「サグラダファミリア」で会食すると思っただけで、胸がはちきれそうだった。勝気なところも美玖の魅力だが、滝嶋の事件を経験したせいか、彼女の電話口での話し方は以前より控えめで奥ゆかしい。玄葉はそのような美玖の言動に対しても、また新たな魅力を感じていた。

「サグラダファミリア」はスペイン料理の店で、銀座と渋谷に一軒ずつ店を出している。サチのお気に入りの店だったので、サチと美玖と、玄葉と緒方と滝嶋で、銀座で会食したことがあった。五人で仲睦まじく時間を過ごしたのが、昨日の事のように思い出された。


浅春の肌寒い風を頬に受けながら、玄葉は足早に北西方向へ向かって歩いた。三月に入ったというのに北からの風は強く、淡雪が舗道の色を一瞬白く染めたかと思うと、すぐに元の灰色に戻すという作業をあちこちで繰り返している。

アゲインストの風を受けながら二〇分ほど歩くと、バンダイクブラウンの渋い建物が現れた。スペインの贖罪教会サグラダファミリアを模したその外観は、規模こそ小さいが、十分に本場の雰囲気を感じさせる佇まいだ。背の高い大きな扉を開けて中に入ると、天井高のある吹き抜けのホールに、ゆったりとした客席が配置されている。暗めの室内に灯る暖色系の照明が、ヨーロッパの香りを漂わせる。

玄葉は二人掛けのテーブルに通されて腰をおろした。週末には予約しておかないと満席になって入れないが、平日の早い時間とあってうまく座ることができた。オーダーをとりに来たイケメンの青年に、もうじき相手が来るからと言って、水だけ二つ置いて帰らせた。玄葉は待つ時間の楽しみというものを、生まれて初めて経験している自分に気がついた。これはこれで捨てたもんじゃない。光と影が揺れる店内を見渡しながら、玄葉はときめく時間を味わった。何人かのスタッフが、テーブルのキャンドルに火をつけて回っている。夜の部がオープンしたばかりなので、まだ店内には自分以外に二組のカップルがいるだけだ。

思えば、このように胸ときめく時間をいままでに何度経験しただろうか？　人生には常に喜びと悲しみが同居している。家計や会社の業績に資産と負債があるように。それらのことは交互に顔をのぞかせる。〝禍福は糾える縄のごとし〟と故人は言った。二本の藁束を交互に絡み合わせて縄を編む事と、人生の禍福を重ね合わせて例えた名言だ。玄葉はまだ若いが、ここまで苦労の多い半生を過ごしてきた。家庭は決して貧しいわけではなかった。だが自分の人生の分岐点でいつも父親と対立し、互いの意見の折り合いがつかなかった。玄葉は家を出て、自分の生きがいを探した。世間の厳しい風に晒されながら、自己の内面と向き合った。そのような中で、絵を描き芸術に親しむことが自分の人生を深め、生きる喜びを与えてくれることに気がついた。自分が本当にしたかったことが仕事として成立すれば、これほど幸せな生き方はない。そう思った玄葉は、画家として大成することこそが、今世の自分に課せられた使命だと捉えるようになっていた。

そんなことを回想しながら、玄葉は目の前のコップの水を一口飲んだ。そのとき入り口の大きな扉が開いて、一陣の風と共に美しい女性のシルエットが浮かび上がった。

銀座の街に沈む夕陽を浴びたシルエットは、肩までの髪と、フレアスカートの裾とが同じ方向へと靡いて揺れている。その女性は店内に入ると、すぐに玄葉に気づいて彼の席へと向かった。

「お待たせしました。突然にお呼び立てしてすみません」

美玖は煌めくばかりの笑顔で近づいてきた。

「いいよ、どうせ暇だから」

玄葉はそう言ったあと、もう少し気の利いた言い方がなかったか、少し後悔した。

「あら、そんなことはないでしょう」と、美玖は玄葉のレスポンスが気に入ったのか、破顔一笑して彼の顔を覗き込んだ。彼女の明るさに玄葉は救われた気がした。

「今日はスペインの赤ワインで乾杯しましょう」

玄葉はそう言うと、右指をはじいてイケメンのスタッフを呼んだ。

「セレステ・クリアンサをボトルで頼むよ」

「畏まりました。グラスは、お二つでよろしいでしょうか？」

「もちろん」

玄葉は、この店のスタッフの言葉の中にファミコン言葉がないか、慎重に探っていた。

美玖が料理も玄葉に任せるというので、彼はメニューブックを入念に見た後、ブラウンマッシュルームのアヒージョと鴨肉のローストをメインにしたコース料理を二人分注文した。

「ワイン、詳しいんですね。後から知ったんだけど、『琥珀』にフランスワインのサンテミリオンを置くように勧めたのは、玄葉さんだったらしいですね。店主の佐々木さんから聞きました」

「そうだったかな。そのへんの事は忘れたけど、あのワインが酔いやすいってのは確かだな」

間もなく赤ワイン、セレステ・クリアンサがテーブルに届いた。店スタッフがコルク栓を玄葉の前に置き、ワイングラスに少量注いだ。玄葉はコルク栓をとると、鼻に近づけて香りを嗅ぐ。そのうえでワイングラスを揺らし、フレーバーを立ち上がらせて香りを確かめ、少量のワインを口に含んで目を閉じた。鼻から息を抜き、赤ワインの豊潤な香りを鼻腔にも通して、何かを懐かしむような表情をした。玄葉は目を開けると、ボトルを持って傍らに立つ店スタッフに頷いて見せた。店のスタッフは安心した表情で、今度は二人のグラスにしっかりとワインを注ぎ、一礼して去っていった。この一連の儀式は、ワインの銘柄をオーダーした客に、そのワインの保管状況を目と香りと味で確認してもらうための大事な作業だ。ワイン通は、抜いたコルク栓の状況からも多くの情報を得て、保管状態の良し悪しを判断する。

「まあ、素敵なラベルですね」と美玖が感嘆の声を上げた。ネイビーブルーのラベルに星座が描かれた、シンプルでお洒落な顔を持つボトルだ。

「スペインの名門トーレス社が、標高九〇〇メートルの山の頂上、「天空の畑」で造った極上の逸品なんだ」

と玄葉が説明した。

「だから星座のラベルなんですね」

「フルーティーな香りと同時に、オーク樽で仕込んだ香ばしさも一緒に楽しめる。一粒で二度美味しい、グリコのキャラメルみたいだ」

「……」

「グリコのキャッチフレーズは、親父の時代の受け売り。『昭和研究会』の持ちネタなんだが、このフレーズは伝わらなかったようだな」一度息を吸って玄葉が小声で言った。

「ソムリエとかの資格をお持ちなんですか?」二度スルーして、美玖が違うことを尋ねた。

「まさか。何の資格も持ってないよ。俺の実家が酒関係の仕事だったので、いっときワインに興味を抱いた時期があって、その頃の知識がいくらか残っているだけの事さ」

美玖は、玄葉の正直で気取らない言い方が好きだった。滝嶋と違って気負ったところがまったくない。玄葉の所作や言動には、自分を大きく見せようとか、箔をつけようといった魂胆は微塵も見えなかった。飾り気のない正味の生き方を感じさせ、彼の男としての、器の大きさのようなものが感じられた。

玄葉の実家は、都内で酒類問屋を営んでいた。一人息子の玄葉が家業を継がなかったため、両親は営業権を大手商社の卸問屋に売却し、明治創業以来長年営んできた「玄葉茂三郎商店」の看板を下ろした。従業員は、大手問屋の支店として再スタートした新会社に引き続き雇用してもらった。これらの事態には、大きな時代の変遷も関わっている。

昭和の終わりに日米構造協議がもたらした酒類免許自由化の流れを受け、コンビニや量販店に酒類免許が付与されたことで多くの酒販店が閉店した。全国に群雄割拠する酒販問屋はその余波を受けて再構築、再編成を強いられた。従業員数が数十人から数百人規模に至る酒販問屋各社は、あっという間に商社系卸問屋に合併されていった。もしくはタイミングを見誤って倒産する企業も多かった。我が国のその分野において、「パラダイムシフト」が起きていたのだ。その時代や分野で、当然と捉えられていたことが劇的に変化することを「パラダイムシフト」と呼ぶ。固定電話から携帯電話、そしてスマホへと変遷したのもその代表例と言えるだろう。世界中がコロナ禍に見舞われたのも俯瞰的にみると、次なる世界の顕現に繋がる「パラダイムシフト」が生じていると言っていいのかもしれない。

玄葉は時代の流れを敏感に感じ取っていた。業界自体が沈みゆく船だとしたら、そこに乗り込もうという船員はいないはずだ。どうやって既存の船員たちを救うかに専念し、自分は船に乗ることをしなかった。家庭内での父親との相克もあったが、実家の商売をたたむ作業については懸命に手伝った。そしてその後の彼の人生は、行雲流水のごとく一人で自由に、ひたすら画家としての道を探求し続けているのだ。

「久しぶりだけど、どうしてた？」と玄葉が訊いた。本当は滝嶋との関係が続いているのかどうか訊きたかったが、直接尋ねることは避けた。

「うん、なんとかやってるけど、最近しんどくって」

美玖は伏し目がちに、ワイングラスの淵を指でなぞりながらそう応えた。なにかの思いに耽るように、彼女の長いまつ毛が何度か瞬いた。

「どうした」玄葉は美玖の様子がおかしいのに気付いて尋ねた。

「陽介と別れたことはもういいの。気持ちの整理がついているから。でもね、なんだか心にぽっかりと穴が開いたみたいで、寂しい」

「プロスペクト・セオリーって知ってる？」

美玖が滝嶋と別れたことを知った玄葉は、独自の慰め方を始めた。

「なにそれ？」

「人はもとから持っているものを失うのは非常に痛みを感じるので、大きなコストをかけてでも抵抗する。しかし本来、自分のものでないものを失うのは、大きな問題を生じさせない。領土をめぐる世界の紛争や過去の大戦は、この理屈の上で不毛な争いを繰り返してきたんだ。ロシアのウクライナ侵攻もその例外ではない。だからウクライナ人の祖国防衛への熱量は、ロシア人とは比較にならないほど高いんだ」

「よくわからない」

「自分がじゃんけんに勝ったら十万円貰えるとしよう。しかし負けたら十万円相手にあげなければならない。美玖はこの勝負をしますか？」

「絶対にしない」美玖は眉根を寄せて応えた。

「人は利益獲得よりも損失回避の方を優先する。そのことをこのセオリーは言っている」

「少しだけ分かったような気がする」

美玖はそう言って、美味しそうにワインを一口飲んだ。

「つまり、美玖はなにも失ってはいないってことだよ。本来、自分のものではないものを持っていたんだ。滝嶋陽介という名の彼氏をね」

「あっ……」

「そう、気がついたかい？　プロスペクトとは期待値を意味する言葉だが、陽介は美玖の期待を裏切ったんだ。だから美玖は自分の持つ資産や希望を失くしたのではなく、負債や絶望を捨てたのだから、何の問題もないんだよ」

玄葉はそう言うとワインを口にして、満足そうに美玖を見つめた。美玖は玄葉の大きな瞳の眼差しに眩しさを感じた。テーブルの上で揺れるキャンドルの炎が、玄葉の瞳に映ってゆらゆらと揺れている。ふと気づくと、モノトーンで統一された室内の色彩によく合うジャズ音楽が店内に流れていた。

美玖は玄葉と向き合っていることで、得も言えぬ安心感に満たされ、落ち着きを取り戻していた。滝嶋と付き合っているときにはまったくなかった感覚だ。その頃は、不安と焦燥感に塗れていた。なぜだったんだろう？

美玖はまだその答えに行きついていない。

「ありがとう。空洞が埋まったような気がします」

美玖は素直に感謝し、礼を言った。

「前向きに生きようよ。それがなにより美玖らしい生き方だ」

「私からもうひとつお願いがあるの」

美玖はそう言って上目遣いに玄葉を見た。

「どうぞ」と言って、玄葉はアヒージョのブラウンマッシュルームをフォークで口に入れた。思いのほか熱く、外へ出したかったが我慢して話を聞いた。

「地球温暖化や、コロナ禍や紛争といった緊急事態が頻発する昨今、どの業界においても非常時に備えておくべきプランを策定しようという動きが、中小企業庁はじめ各方面から提唱されているの。それらをＢＣＰ（事業継続計画）と呼んでいて、私の会社もその一翼を担おうとしている。私の会社はＩＴ関連の仕事をしているのだけど、うちの社長が興味を抱く芸術分野におけるＢＣＰを、私が担当させてもらえることになったのよ」

「よかったね」

「うん。それでいろいろ調べてみたわ、アートビジネスの世界を」

美玖がそう言うと、玄葉は鼻に皺を寄せて嫌そうな顔をして見せた。

「すっごい世界だろ」

「ええ、驚いた」

「魑魅魍魎が跳梁跋扈する、果てしない異世界」

玄葉は両手のひとさし指で両眉を吊り上げ、更なる変顔をして見せると、そう言い放った。

「ぷっ、なにその顔」

美玖はそう言って笑うと、木製ボールに入った〝グリル野菜のバルサラダ〟から、ボイルされたブロッコリーをフォークで口に運んだ。

「国内では画壇や学閥がモノを言い、海外ではアートフェアーやオークションがモノを言う」

玄葉が独自の言葉で、内外の現代アート・シーンを上手く表現した。

彼は口をついて出た自分の言葉に満足した様子で、更に話を続けた。

「日本では『応募展』なるものに多くの画家たちが参加し、一三〇号の大型作品を無数に描き続けている。そしてそれらは、入選して二週間ほどどこかの美術館に展示されても、その先の行き場はなく、行きつくところは狭い自宅の倉庫となる」

「そのようね」

「国内には多くの画廊があり、そこで個展やグループ展を開いて画家は絵を売ろうとする。だがそこに来て買って帰るのは見知らぬ一般の客ではなく、自分の弟子や生徒たちのみ。或いは家族や親戚、友人、知人といった人たちばかりだ」

「ええ、そうみたい」

「日本は世界でも有数の美術館数と来場者数を誇るが、国内の優秀なアーティストたちが絵を描いて食べていけるだけの市場は、まったく育まれていない。ごくひと握りの有名画家と称される人たちしか、成功の果実を得ることはできないんだ」

玄葉は苛立ちを見せるかのように、一気に捲し立てた。美玖は熱心に話を聞いている。

「一方で世界に目を向けてみよう。スイスやマイアミで開催されるアート・バーゼルには毎年、世界中から多くのコレクターたちが自家用ジェット機で乗り付けて、アート作品の買い付けにやってくる。或いはクリスティーズやサザビーズといった有名なオークション市場では、数億円から数百億円に至る価格の作品が、数多く落札されている」

美玖が大きくため息をついた。彼女もある程度のことは予習してきたのだが、玄葉の話には驚愕したり落胆したりして心が浮足立った。

「韓国や中国、台湾や東南アジア諸国においても、現代アート作品の流通は目覚ましいものがある。企業や個人を問わず、多くの人たちがお気に入りの作品を購入しては、会社やホテル、自宅や公共の場に飾っている」

「だけど、投資目的の人たちも結構いるんでしょ」と美玖が指摘した。

「一定数いるな。だが彼らもアート・シーンを織りなす、ひとつのパーツだと思えばいい。俺はある意味では、アートビジネスの潤滑油だと思っている。もちろん、行き過ぎの投資は迷惑行為で、ご法度だけどね」

玄葉は、美玖の空いたワイングラスにセレステ・クリアンサを注ぎながらそう言った。美玖は鴨肉のローストにバルサミコソースをかけて、フォークでひと切れ持ち上げ、美味しそうに頬張る。甘酸っぱい旨味が口の中に広がり、仄かな香味と共に極上の味わいをもたらす。

「さてそれでは、俺自身のアート体験談を話そうか」

メインディッシュに合わせるかのように、玄葉はタイミングよく話の本題に入った。美玖は喉を鳴らした。今夜の大きなテーマである、アーティストの「生の話」がいまから聞ける。彼女が興味を抱くのは、日本のアートビジネスのＢＣＰ（事業継続計画）なんかよりも、玄葉和樹というひとりの男が依拠する確固たる信念やその生き様だった。

玄葉は効率の悪い生き方をしていると緒方がいつも言う。〝ツーウェイ・ワンジョブの男〟とはよく言ったもので、それは「琥珀」における彼のニックネームにもなっている。だが彼のもうひとつの特徴も、周囲の者はよくわかっていた。玄葉は〝正しいことを正しく言う男〟でもあるのだ。

「最初は挫折から始まった。家庭や仕事で大きな挫折を味わい、俺は出口の見えない世界に迷い込んだ。そんな時、幼いころから大好きだったことをしようと思った。絵を描くことだ。本を読み、日記も付けた。精神面での気づきを得るためだ。そしてリアルな世界で自分の人生を生き直そうとしたとき、俺は画家になることを選んだ。いま思えばその決意こそが、俺を泥沼から救ってくれた。まだ画家の卵にもなれていない身だが、この世界に入ってよかったと心から思っている」

玄葉は、自分の半生をあからさまに露呈しながら話を進めていった。

「がむしゃらに絵を描いたよ、その頃の俺は。いくつか描き貯めた作品を部屋に飾っていたら、周りの人たちが観て『応募展に出品したら』って言うんだ。俺はそのとき訊いたよ。『応募展ってなに？』ってね」玄葉はやや自嘲気味に微笑んだ。

「絵画の世界に詳しい先輩が、いくつかの応募展を教えてくれたので、俺は夢中になってネットで調べた。その当時、俺はハガキ二枚分くらいのサイズのクレイボードという板に細密画ばかり描いていた。そういう事情から、応募展の出品企画に最小サイズの制限のないものを選んだんだ。殆どの場合、五〇号以上のような最小サイズの制限が記されていたが、俺が探した中では唯一、そのような規制のない応募展が見つかった。『芸展』

だ。俺は早速、自分の作品を芸画会主催の『芸展』に五点送った。結果は落選だったが、それを機に芸画会と縁ができたんだ」

美玖は身を乗り出して聞いた。小説か映画の物語のように彼の話に興味を抱き、徐々にその独自の世界の中に吸い込まれていった。

「日曜日の昼過ぎ、携帯が鳴って俺は昼寝から起こされた。今では俺の絵の恩師である、芸画会会員の伊藤琢磨先生からだった。先生は俺の作品に興味を持たれたのではなく、別の理由から電話を掛けてこられた。伊藤先生は審査員のお一人だったが、一九四センチ×一六二センチサイズの一三〇号作品がズラッと並ぶ中、俺の作品の順番が来た時に、審査会場がどよめいたらしい。『作品はいったい何処にあるんだ？』ってね。つまり小さすぎて審査員の席からは、まったく見えなかったらしい。何せ、ハガキ二枚分のサイズの作品だからね。百年近い『芸展』の歴史の中で、初めての珍事だったようだ。先生は、そんな作品を送ってきた人物に一度会ってみたくなったというんだ。俺はとりあえず、何らかの形で芸画会に爪痕を残すことができたって訳だ」

玄葉は嬉しそうに美玖にウインクした。美玖が知りたかった玄葉和樹が姿を現していた。効率が悪くて、正しい生き方をする男の姿が。

7.

「一月は往ぬ、二月は逃げる、三月は去るといって、年の初めの三か月はあっという間に過ぎ去るものだな」

緒方が作家然とした表情で言った。「琥珀組」のメンバーにとっては去年のクリスマス以来、随分といろんなことがあった。気がつくと年を超え、既に四月を迎えようとしている。この日は久しぶりに、緒方、玄葉、サチ、美玖の四人が「琥珀」に顔を揃えた。

「明日から四月に入るという事で世間は新年度を迎える。そんなことは俺たちにはまったく関係ないが、今夜は美玖の帰還を祝して乾杯しようぜ。乾杯！」

緒方が軽快に乾杯の音頭をとった。久しぶりに合流した美玖も交え、皆にとって今夜のメンバーは、最も落ち着いて飲める顔ぶれだった。

「緒方さん、エッセイ本の出版おめでとう」

美玖がビールジョッキをテーブルに置くと開口一番、お祝いの言葉を言った。

「ありがとう。九月半ば頃の発売になるみたいだ」と緒方が言った。

「内容を皆に説明しろよ」と玄葉が催促する。

「俺の小さな日常から世界の情勢に至るまで、思ったことをそのまま書いた。俺という人間がこうして生きてることの証しだ。あくまでも俺が主語で、あらゆることに対する雑感録のようなもんだ」

緒方は煙草に火をつけて深く吸い込みながらそう応えた。気持ちが昂ったり、大事な場面になると彼は煙草を吸う。

禁煙法が改正されたが、その端境期のせいか、「琥珀」にはまだ灰皿が置かれていた。

「面白そうね。早く読んでみたい」と美玖が目を輝かせて言った。

緒方と付き合っているサチはすでに内容を詳しく知っている風で、お通しの〝ツワとエリンギの炒め物〟を箸で摘まみながら、皆の会話を嬉しそうに聞いている。

「本のタイトルは、なんて言うの」美玖が訊いた。

「『居酒屋の青春』だ。おまえたちにも登場してもらっているからな」

緒方が平然と言った。

「えっ、なにそれ。どういうこと」美玖が目を白黒させて訊き返した。

「玄葉がいつも言ってるよな、『自分の生き方そのものを作品に反映させろ』と。俺は高校の頃からその都度、思いを書き溜めてきた。そこからいくつかのエピソードを抜粋して、俺という人間の形成に関わるものを著した。しかしそれはあくまでこの本のプロローグだ。手塚先生が漫画の出だしにつけたタイトル〝極めてユニークなプロローグを期待する読者の失望〟に該当するかもしれない。だがそのプロローグがなければこの本は始まらないし成り立たない。しかし本の中盤から終盤にかけてグッと盛り上がるのは、あくまでも俺自身のライブ感が出てくるからだ。この『琥珀』という道場で、皆と相塗れるなかで織りなす人間模様、喜怒哀楽、希望と失望、気づきによる成長、それらの出来事がドライブするなかで、俺の文章は本物になりこの随筆は厚みを増していった」

緒方は煙草を灰皿に押し付けて消すと、皆を一瞥した。

「だからこそ今が大切なんだ。俺たちの人生はマヤカシ事でなく、いま目の前で起きている。過去もなければ未来もない。今こそすべてだ、今宵に乾杯」

緒方の演説が終わった。玄葉と美玖は思い切り不信の眼差しを浮かべている。自分たちについて何を書かれたのか分かったものではない。美玖は滝嶋との出会いや別れなど、思い出したくない出来事も短い時間の中で数多く経験している。玄葉にとっても、憧れの美玖と付き合い始めたばかりで、そっとしておいて欲しい気持ちに変わりはなかった。

「それって、出版する前に原稿を見せろよ。俺たちが出てくるんだったら、推敲の権利は俺たちにもあるからな」

玄葉は美玖の気持ちも察して強めに言った。サチが険悪な雰囲気を察知して、緒方の顔を覗き込んだ。緒方は悠然とビールを飲んでいる。何か別の次元に生きる仙人のような顔で妙に落ち着き払っていた。緒方にとってこの二人の反応は予測済みだったのだろうか、この事態に対する最善の理論武装と対応策を持ち得ているような佇まいだ。

玄葉は、緒方の平然とした態度を見るとさらに苛ついた。

「原稿は誰にも見せない。悪いようには書いていないから心配するな」

緒方は首が凝ったのか、頭をくるりと回しながら不遜な表情でそう言った。

「いや、悪いようも良いようも関係ないわ。俺たちの事を勝手に書くなってことだよ。俺が言ってんのは」

玄葉がヒートアップした。美玖は伏し目がちに黙ったまま俯いている。玄葉は美玖の分まで自分が頑張って、事態を改善しなければという思いがある。

そこへ店主の佐々木がテーブルまで来て、追加オーダーを訊いた。サチは〝だし巻きたまご〟で、緒方は焼酎の湯割りのおかわりを頼んだ。玄葉と美玖はそれどころではないという感じで、なにもオーダーしなかった。遅い時間から集まったせいか、時刻はすでに深夜の零時を回っている。店内の客もまばらで、厨房内にいても揉め事があればすぐわかる。佐々木はこの異様な雰囲気を察して、自らが出てきて注文を訊いたようだ。オーダーを取ったあと、佐々木がひとこと言った。

「信二、間違ったことをするなよ。みんな、おまえの仲間だろ」

佐々木の低く野太い声がその場に響いた。

「おやじさん、黙っていてください。これは俺たちの問題だから」

緒方が佐々木にも食ってかかった。この日は週末なので、佐々木は深夜二時の閉店まで店にいる。いつもの平日だと、このような場面に出くわしていなかっただろう。

佐々木は今年の五月で六十五歳になるが、四十年近くもの間、この場所で居酒屋を営んできた。緒方や玄葉たちのような「琥珀組」が数えきれないほどここで生まれ、巣立っていった。そしてその「琥珀組」の者たちは老若男女を問わず、今でもこの場所に来て酒を酌み交わす。ある意味「琥珀」は聖地のような場所だ。なぜこの店で特別な出会いと物語が幾度となく生まれ、多くの者たちが気づきと成長を繰り返していくのだろうか。それはひとえに佐々木という〝おやじ〟の存在があればこその出来事だった。

佐々木は外観で言えば中肉中背で、薄めの頭髪に多くの白髪が混じり、地味ではあるが常に清潔感を保った出で立ちをしている。どこから見ても年相応の、初老の〝おやじ〟という風貌だ。だがその考え方や振る舞い、生き方から発せられるオーラは半端なく、常に接する者たちを魅了してきた。多くの若者たちがその生き方に感化され、店で知り合った者同士が「琥珀組」と呼ばれるグループを作って、毎晩飲んでは語り合い、自分たちの仕事や生活に役立つ大きな収穫を持ち帰った。ときには激しく論争することもあるし、ケンカ別れする者たちもいる。或いはトッパーズのように、成功して店から姿を消す者もいれば、成功後も引き続き店を訪れる者たちもいる。

そういった意味からも、玄葉や緒方やサチや美玖の「琥珀組」は、なにも特別な存在ではない。佐々木からすればワンオブゼムなのだ。だが、彼らへの思い入れがワンオブゼムとして薄まっているわけでは決してない。誰に対しても、佐々木はいつも全力で接し、何かを与えようとする。決して恩着せがましくせず適度な距離を保ち、遠くで見守ってくれる〝おやじ〟は、大きな存在感をいつも感じさせた。

「おい、おやじさんに対して失礼だろ。謝れ」

玄葉が緒方の言動に腹を立てて言った。

「いい、いい。俺には信二の本心がわかったから」

佐々木は玄葉を制して微笑み、謎の言葉を残して去っていった。

「本心ってどういうことだ?」玄葉が不思議そうな顔をした。

「本心って、こういうことじゃ。ジャーン!」

緒方は満面の笑みで、分厚い紙の束を両手で掲げた。サチはクスクス笑っている。

「『居酒屋の青春』の原稿だ。これをおまえたちに渡すんで、よく読んで何でもあったら言ってくれ。因みに本名は使っていない」

緒方はそう言うと、玄葉にワード打ちした分厚い原稿を手渡した。緒方の顔はほころび、先ほどまでの殺気を帯びた表情は氷解していた。

「いや、どういうこと? 意味が分からんし。ほんまにええんか、俺たちに原稿渡して」

玄葉はなぜか関西弁で尋ねた。

「いいって言ってるだろ。すべて冗談、いままでのやりとりは嘘でした。今日は何の日か知ってるか?」

緒方が嬉しそうに訊いた。

「今日は、日付変わって四月一日ってことは……あっ！」

「そうそう、エイプリルフール。やっとわかった？　ああ、楽しかった」

緒方は満足そうに、やや冷めた芋焼酎の湯割りを飲み干した。

「だけど不思議なのはおやじさんだよ。なんで分かったんだろうねえ、俺のお芝居が」

緒方は先ほど、「俺には信二の本心がわかったから」と言って微笑んで引き上げた佐々木の顔を思い返し、しみじみと感心していた。

玄葉と美玖は渡された原稿を食い入るように見ている。

「おいおい、おふたりさん、それは持って帰ってからゆっくり読んでくれ。今宵は難しい話は抜きにして、楽しく飲もうぜ」

緒方はすっかりいい気分になっていた。自分が仕掛けた芝居に皆が見事に引っ掛かったのも嬉しかったが、佐々木が途中でそれを読み解いたことも、彼にとっては嬉しい出来事だったのだ。

「信二はそんな奴じゃないのに」「仲間のことをもっと大切にするはずだ」といった思いから、佐々木はこの芝居を見抜いた。緒方はそう捉えて納得すると、自らが私淑し信奉する佐々木の信任を得たのだと感じて、妙に嬉しくなった。

「なぜエッセイなんだよ」

玄葉がぶっきらぼうに訊いた。まだ機嫌が直っていないようだ。

「『事実は小説よりも奇なり』って言うだろ。俺の身の回りで、これほど彩り豊かなドラマを君たちは展開してくれているんだ。これをそのまま文章にしない手はない。俺の筆はかつてないほど鼓舞され、捗った」

緒方はおかわりの焼酎湯割りを、口をすぼめて飲みながらそう言った。

「よく言うぜ。捗ってるのは焼酎湯割りの方だろう。俺からすればおまえらのドラマの方がよっぽど面白いよ。ちゃんと自分たちのことも書いてんだろうな」

玄葉はなかなか機嫌を直さない。

「当然じゃ。しっかり書きましたぜよ。そこはサチにも読んでもらいましたよっと」

酔った緒方の言葉使いが変になっている。

「だったら、それをもとに小説にした方が良かったんじゃないのか？」

「ごもっともなご意見で」

「……」

「なんだ、それで終わりか？」

玄葉がイラっとして訊いた。

「このまえ君が言ったじゃないか、エッセイ緒方だなって」

「エッセーだろうとイッセー尾形だろうと関係ないって言ったんだ」

玄葉は、酔拳のような状態の緒方に対して苛立ち、やや声を荒げた。

「目を向けるとターボが掛かる」緒方の話が散らかっていた。

「はっ？　なに？　おまえ、なに言ってんだ」

「俺たちの生きざまや、そこから生じる出来事は決して派手じゃなく、社会の片隅で地味に起きている。勝手口の土間につむじ風がかき集めた塵屑のように。もしくは、人知れず咲く路傍の花のように。だがいったん興味を持って目を向けると、そいつらって俄然がんばるんだ」

緒方は伝道師のような口調で説法を始めた。

「言っとる意味がわからん」

玄葉は美玖に同意を求めようと顔を向けたが、美玖は原稿を読むことに専念していた。

「わかんねえかなあ。小説と違ってエッセイには、一片の嘘も誇張も虚飾も許されない。だからこそ今を生きる俺たちのライブ感がある。まだ誰一人として大成していない俺たちの人生って、捨てたもんじゃないぞ。勝手口の塵屑かもしれないが、悩んだり喜んだり、ぐずぐずしたり、急にやる気になったり、ほんっと、よく見ると味わい深い生きざまばかりだ」

緒方はひとしきり喋って、コップの水を飲み干した。彼は焼酎の湯割りを飲む時には、途中で必ず一杯の水を貰うようにしている。焼酎を何杯か飲んだあとの中休みのように、一気に水を飲み干す。まるで胃袋の中でアルコールを薄める作業をしているかのようだ。

そのうえで焼酎の湯割りを再び注文する。今度は芋焼酎を麦焼酎にかえて飲み始める。後半戦の始まりだ。

「『目を向けると俄然がんばる』って、どういうことだ?」

玄葉は、先ほど緒方が言った謎の言葉に拘った。

「塵屑のような人生でも、エッセイを通じて飾り気なしに生放送してやると、多くの人たちが共感してくれる。辛酸舐めても泥にまみれても、酸いも甘いも経験しながら生きるのが人生ってもんじゃないのか。そしてそのことに卑屈にならず、生きがいを感じるのが本来あるべき姿だと思う。俺たち自身もエッセイや私小説を読んで初めて、主人公の自分たちがカッコいい生き方をしていることに、客観的に気づくんだ。それはきっと、明日への勇気と生きる活力につながると思う。だから原稿も渡したんだ、俺のことカッコよく書きすぎてたら言ってくれ。主観的になり過ぎると、ライブ感を失って失格だからな」

緒方はやはりエッセイ緒方だった。小説に先んじてエッセイを出版する理由が、彼の口から滔々と語られた。立て板に水か、戸板に豆かは分からないが、我慢したマグマが一気に噴き出すように、澱みなく一瀉千里に捲し立てた。

「水を差すようで悪いが……」玄葉が静かな口調で言った。

「ここからが本番なんじゃないのか?」

「なにが」緒方がきょとんとして訊き返す。

「読む側からすると、塵屑のような人生で終わられたんじゃあ身もふたもない。読者は感情移入している。人生をライブ中継するんだったら、『後半の人生』の盛り上がりを観たいはずだ。だがおまえ自身、まだそこを生きていない。だったら、それを可能にするのが、小説の世界だろう」と玄葉が勢いよく言う。

「おう、たしかに小説なら出来るだろう。だがいくら頑張って書いても、まだまだ本物感が出てこない。だからこそ、俺はいま目の前の人生を懸命に生きている。小説を書くのはそれから先でいいんだ。再来年のおせち料理を何にするか、いまから考えても意味がない。年齢を重ねてからでも、五木寛之のように若者の心情描写を見事に表現できるし、小迫義人のようにいろんな人生の歩み方を、現実のように描出できるわけだからな」

緒方は贔屓の作家を並べてそう表現した。

「小迫義人?」と怪訝そうな顔で玄葉が訊いた。

「彼は最近になって脚光を浴び始めた作家で、緒方さんのようなコアなファンが急増中よ。何か著名な賞も獲ったようだけど、マスコミへの露出は極力避けているみたいだね」

サチが緒方の代わりに玄葉にそう説明すると、玄葉は緒方に向かって言った。

「作家としていま書けるものを、正直に書いてるってわけか。そこは俺も同じで、悩みながら絵を描いている。今を懸命に生きることが明日につながると信じてな」

玄葉はここでようやく、緒方の気持ちに寄り添った。自分の画家としての制作ビジョンと、そこから生じる焦燥感が緒方の考える作家像と見事にシンクロしたからだ。

そのとき、周囲のテーブルから肉が焼けたいい匂いがしてきた。オージービーフの鉄板焼きが、野菜と一緒に鉄製の器にのって提供されている。ジュージューと音を立てて、油と肉汁を噴水のように周囲にまき散らしながら。

「この匂いでわしは飯を食う!」と叫ぶ男がいた。

「ぷっ、なにそれ」美玖が口に含んだワインを吹きそうになった。

「面白い奴がいるもんだ」

玄葉は大声を出している男の方を見ながらそう言った。よく見るとその男は、鉄板焼きが提供されているテーブルとは全く別のグループの人間だ。つまり見知らぬ人に出された料理の匂いをおかずに、白飯を食おうという話だ。何より変なのは、そのことを皆に聞こえるように宣言していることで、それが洒落やジョークの感じでもない。不思議なことに、どちらのグループの人もその言葉にはまったく反応せず、普通に食事をしていた。

「小説の一節をヒントにした言動ね」

美玖が読みかけの原稿を膝の上に置いて、向かいのテーブルを見ながらそう言った。横に座る玄葉がその原稿をチラリと見た。美玖のミニスカートから覗く健康的な美脚の方に、玄葉の視線は移ってしまった。美玖がいまは自分の彼女だと思うと、思わず胸がドキドキした。

「どういうこと?」と玄葉は、自らの邪念を振り払うように美玖に尋ねた。

「私の知ってる小説の中で、セリフこそ違うけど客があんないい方をする場面があるの」

美玖が思い出すようにそう応えた。

「小説の世界から現実世界への投影がまさしく今、目の前で起きたのだろう」

緒方が嬉しそうに呟き、続けて言った。

「このように、小説が持つ力は大きい。そこから得たものを、部分的であろうと全体のテーマであろうと、読者は自身の人生に投影し役立てているんだ」

「『この匂いでわしは飯を食う!』のどこが彼の人生に役立っているの」とサチが茶化した。

「彼はそれを言ったことで満足したんだよ。大好きな小説の一部分を実演できたんだ。逆に小説を書く側は、自分の生き方という現実世界を小説の世界に投影しなければならない」

緒方はそう言うと、ターコイズブルーのトートバッグから一冊の単行本を取り出して掲げて見せた。スコット・フィッツジェラルドの名作『グレート・ギャツビー』だ。緒方は表紙を皆に見せた後、視点が合うように本を持つ両手を伸ばすと、大切そうに最初のページをめくった。

「『僕がまだ年若く、心に傷を負いやすかったころ、父親がひとつ忠告を与えてくれた』……」

この文章で始まる出だしの数行を、緒方は皆に読んで聞かせた。深みのある言葉が彼の口から空気を震わせて皆の耳孔に届き、それぞれの心の奥底へと沈んでいった。深い海底に、生物の遺骸や水中の溶解物が沈殿するように。それらの言葉は静かに舞い降りて、聴く者の心奥に堆積していった。

ふと見ると玄葉が泣いている。彼の半生において師となる人物はいなかったのだろうか。父親との度重なる対立と不和は若き日の青年を自暴自棄に追いやり、それら煩悶の日々は、いつしか自己憐憫の塊のような若者を作り上げていたのかもしれない。

「いい文章だろう。訳者の村上春樹は、この本の冒頭と結末の部分にもっとも心を砕き、腐心したらしい。彼はそれらの部分についてこう言っている。『どちらも息を呑むほど素晴らしい、そして定評のある名文だからだ。何度読み返してもまことに見事というほかない。ひと言ひと言が豊かな意味と実質を持っている』とね」

緒方はそう言うと、皆を見渡した。

「いいお父さんだったのね。この本の主人公は冒頭の父親のこの忠告で、一生救われていたような気がする」

と美玖も同調した。

「皆、それぞれが大切にしている小説があり、宝物のような文章があるんだな」

玄葉が軽く息を吐いてそう言った。

「この匂いでわしはまだ飯を食う！」

そのとき再び謎の言葉が聞こえた。店内に響き渡る大きな声だ。

「少しの間をおいてから再び叫ぶところも、小説に似ている」

緒方がだし巻きたまごを箸で切り分けながらそう言った。

「ところでエッセイはそれでいいとして、小説はもう書かないのか」と玄葉が尋ねた。

「誰がそんなことを言った。おまえも絵を描くには、デッサンして写実的に描く具象画から始めただろ。ピカソだって『青の時代』から『バラ色の時代』を経て、キュビズムという抽象画の世界へと変遷していった。俺のエッセイ本は、いわゆる写実的な具象画の世界だ。勝手口の吹き溜まりの塵屑のような、どうでもいいような人生をいっぱい見せてもらい、それをそのまま文章に写し取った。でも、どうでもいいような人生は、味わい深くてためになり、滑稽で親しみやすい。誰もが経験し、寄り添う人生なんだ」

緒方は焼酎の湯割りを飲み干して更に続けた。

「それは俺自身の生き方でもある。天下国家を語ったり、世界観を反映させるような小説は俺にはそぐわない。地を這うようなエッセイを書き、本物の地力をつけてから小説を書く。その頃はおまえらも成長しているだろうから、俺の書いた小説も理解できるはずだ」

「よく言うよ。俺たちの塵屑のような人生から、気づきを得たってことか」

玄葉が不満げに言った。

「そうだ。そして俺の小説は、公募に出して新人賞を貰うことにした。玄葉が『芸展』という絵画公募展に出品しているのと同じように」

まだ小説が出来上がってもいないのに、自信満々の緒方の言動が可笑しくて、皆は互いに顔を見合わせてくすくすと笑った。

＊

千駄ヶ谷で玄葉が生活する住居は、緒方がいつも茶化すように風呂もない六畳一間の狭小な文化アパートだ。彼自身、昭和の画家気取りでそのような暮らしを満喫しているわけではなく、ただ単に住まいにあまり興味がないからそうなっているだけのことだった。

だがそのアパートに美玖のような煌びやかな女性が出入りするようになると、降って湧いたような違和感を、周囲が感じてしまう。その事は玄葉自身もよく解っているようで、――周囲に御苑や神社などの緑が多く、原宿や新宿にも近い立地のこの住まいを美玖はとても気に入っているのだが――玄葉はもう少し気の利いた転居先を探していた。

週末の昼下がり、春の心地よい日差しを浴びながら、南向きの窓辺に美玖は腰かけて外の景色を眺めている。美玖がこの部屋に来るようになってからは、いつもこの場所が彼女の定位置だ。時々レースのカーテンが彼女の肩口にちょっかいを出すことで、柔らかな風を感じることが出来る。玄葉は透き通るような美玖の肌を、麗春の陽光の中で遠慮がちに見ながら言った。

「今日は美玖が夕食にパスタを料理してくれるっていうので楽しみにしているけど、俺も前菜盛り合わせの『アンティ・パスト・ミスト』と、ワイン『セレステ・クリアンサ』を準備しておいたよ」

「へぇえ、気が利いてるね。銀座のお店で飲ませてくれたワインでしょ、嬉しいな」

美玖はそう言うと体の向きを玄葉の方に向けて、微笑んだ。彼女の純白のミニスカートから綺麗なラインの太腿が覗いた。玄葉は胸の高鳴りを抑えながら、目線を外す。

「天気もいいし、明日の新宿御苑は楽しみだね。ここから近いので、美玖が今夜は泊っていくっていうから、朝から布団を干してるんだ。もうそろそろ中に入れようかな」

玄葉はそう言うと、美玖の腰かける窓枠の外にある物干し竿から布団を中に入れた。

「いろいろとありがとうね。和樹は本当によく考えてくれるよね」

「どういたしまして。こんなアパートでも、使いようで居心地いいもんな」

「だったら、引っ越し先なんか考えずにここにいたらいいじゃない」

美玖は遠慮なしに指摘する。玄葉にとって自分の矛盾点は、いつも美玖に見つけてもらうのが心地よかった。屈託のない笑顔で話す飾り気のない性格の美玖のことを、玄葉は心の底から愛した。自分にはない魅力が彼女の中に多く見つかる。その度に彼は美玖に惹かれていくのだった。玄葉は六畳一間の隅にあるシンクで野菜を洗い、美玖は小型冷蔵庫から食材を出して調理を始めた。狭いスペースで二人は身を重ねるように支度する中、ふと見つめ合うと互いの唇を重ねた。玄葉はいま人生の頂点に立っているような気がした。

苦労の多い半生を歩んできた彼にとって、幸せをかみしめるような時間が過ぎていく。そんな時、彼はふと怖くなる。この幸せがいつまでも続いて欲しいのに、ある日突然途絶えるようなことにならないだろうか。彼は怖くて口に出して聞いたりはしなかったが、もしかしたら美玖も同じように、その事に怯えているのではないかというような気がしていた。

8.

その日は朝から雨が降っていた。前日までは四月にしては肌寒く北から〝からっ風〟が吹いていたのだが、一夜明けると湿気を含んだなま暖かい空気が、街全体を包むように滞留した。西麻布にある帝京テレビのロビーからトッパーズの二人が急ぎ足で出てきたときは、春雨が辺り一帯を均等に湿らせていた。そこそこ売れっ子の芸人となった二人は、午後からの番組収録のため渋谷にあるＮＨＫ放送局に向かうべく、玄関口に待たせていた白色のワゴン車にとび乗った。

「急いでくれよ。あと四〇分で打ち合わせが始まるからな」

菅野は運転するマネージャーの宇山にそう言うと、手にしたオロビアンコのバッグから厚めの台本をとり出して目を通した。

西麻布から渋谷のNHKまでは混まなければ車で一〇分ほどの距離だが、雨の降る日は渋滞し、酷いときは三〇分近くもかかってしまう。

「おい、丈太郎もしっかり台本読んでおけよ。NHKの収録は現場に立つと緊張するからな。再度チェックしておけ」

菅野は、隣の席でスマホいじりに熱中する須山に向かってそう言った。

おう、とだけ応えて須山はまだスマホから目を離さない。

「おい、聞いとるんか。まじめに仕事しろ」

菅野は須山のスマホを取り上げ、台本の束で須山の頭を軽く叩く。

「はいはい、分かったよ。やりますよ、ちゃんと。そんな言わんでも分かってます。だからスマホは返してね」

「おまえ、こんな大事なときにいったい何見ておった？　出会い系サイトとかじゃないやろな」

菅野はそう言って、須山のスマホの画面に目を通した。するとそこには、トッパーズの悪しき評判が羅列されている。検索キーワードが「トッパーズの悪評」となっていた。

「エゴサーチなんか、してんじゃねえよ。こんなんいちいち気にしてたら、やってらんねえぞ」

菅野はスマホを須山に返しながら、呆れた口調でたしなめた。

「ああ、わかっとる。でもな、これって単なるエゴサじゃないんじゃ。この中にひとり許せん奴がおる。〝オオアンゴウ・パートツー〟ってハンドルネームの奴、読んでみな」

須山はそう言うと、スマホを操作してその画面を出し、再び菅野に手渡した。菅野は黙って読んでいたが、次第に顔が紅潮し、眉根を寄せると怒気を含んだ口調で言った。

「許っせん。こいつ絶対に許せんぞ！　ふっざけやがって」

「だろ？　俺はこいつだけはスルーできんかったんよ。ふざけとるやろ。だがなんでこんなに、俺たちのことを詳しく知っとるんや？」

須山が不思議そうに言った。その男の記事には、「トッパーズの真実」と題する投稿が、詳細かつ頻繁に繰り返されていた。

「俺たちの極めてプライベートな出来事や、ささやかな秘め事をすべて曝け出して書いてやがる。しかも俺らと関わりのある一般の人たちまで巻き込んで」

そう言う菅野の顔からは、蒸気が立ち上っているように見えた。

「とにかくこいつの正体を突き止めんと、この陰湿な投稿は終わらんぞ」

菅野は苦渋の表情を浮かべ、車の天井を見上げた。現実主義者の彼は、降りかかる火の粉を振り払うべく全力で考えを巡らせた。トッパーズのコンビ名も彼の発案だし、漫才のネタも菅野がいつも考えている。彼らの漫才の特徴は、毎日の生活の中から誰にでもあるような出来事をネタにし、笑いを炙り出すことにある。〝あるあるネタ〟が老若男女にウケるのは、日々の苦労を笑いにかえて手際よく処理していく彼らの洞察力と、シャープなワードセンスに依るのだろう。

「琥珀」で毎晩のように酒を飲みながら論争した「芸術論」が、彼らの漫才の根底にある。玄葉が唱える「自分の生き方を作品に反映させろ」の言葉が、菅野の心の中に入り込んだ。生き方の良し悪しは別にして、その言葉の意味するなにかが朧げに頭の中で共鳴し、刷り込まれ、彼らの「漫才脳」のスイッチを入れたのだ。だがここで見つけたようなリアルな誹謗中傷は、全力で排除しなければならない。トッパーズが得意とする日常ネタに、深刻な負の影響を及ぼすからだ。

雨足が強くなる中、彼らを乗せたワゴン車は六本木通りから渋谷の駅前を通過して公園通りを北上し、NHK放送センターの敷地内に入った。車中でエゴサーチに熱中してしまったトッパーズの二人は、気が付くと最終の台本チェックがまったく出来ていなかった。予想通り雨の都心は渋滞し、午後一時から始まる局の打ち合わせまで、あと二〇分しか時間がない。駆け足でロビーのエレベーターに乗って、CT－102と呼ばれる一五〇坪ほどある大きなスタジオに行きつくまで最低でも五分はかかる。自分たちの荷物はマネージャーの宇山に任せ、二人は途中で車を降りて雨の中を正面入口へと走った。

そのときだった。敷地内に植えられた木立の影から一人の男が現れ、須山の額を固い棒状のもので思い切り殴打した。打者が直球を打つようにそこには作用と反作用が機能した。「ガコンッ」という筒が共鳴するような音がして、須山は後頭部から勢いよく地面に倒れた。仰向けに倒れた須山の口元からは白っぽい泡が吹き出ている。後頭部からは出血しているのか、アスファルトの地面に赤い血だまりが広がった。雨足が強くて血の色を薄めるのだが、新たに流れ出てくる鮮血が、再び地面を赤黒く染め直した。

菅野は声もなく立ちつくした。恐怖で体が硬直し、身動きひとつとれない。その男はニューヨークヤンキースのロゴ入り帽子を深々と被り、マスクと濃いサングラスの出で立ちで顔は殆ど確認できない。細身だが身長は高かった。菅野に顔を向けたとき、表情は見えなくとも体中に立ち上がる殺気と雰囲気から、怒気に満ちた鬼の形相が想像された。菅野は全身に鳥肌が立ち、背中に冷たい汗が流れた。

そのとき、後方からマネージャーの宇山が大声で走ってきた。宇山は車を駐車場に回そうと発進させたばかりだったが、ミラーで後方を確認した際にこの惨状に気づいて、慌てて車を降りて走ってきたのだ。

「おーいっ、警察を呼んだぞお！　皆も呼んだぞおお」

皆とはいったい誰のことなのだろうか。宇山はワゴン車に積んであるパンク修理用のバールを右手で高く翳しながら、必死の形相で走ってきた。実際には警察も他の誰かも呼んではいない。そんな時間はなかったのだ。とにかく相手を威嚇し、この場から逃走させたかった。相手は鉄パイプのような太くて大きな武器を持っているが、こちらは短いバール一本だ。

闘って勝てそうもないし、宇山は闘いたくなかった。だが強気で大声を出して思い切り走り、相手をビビらせたかった。森の中でイノシシかクマに出くわした者が、大声で獣を威嚇するかのように。それが吉と出るか凶と出るかは、やってみないと分からない。

「逃げてくれ、頼むから怯んで立ち去ってくれ。俺は追わないから」宇山は心の中でそう祈りながら、大声で叫んで走った。雨足が強いので、目を半分瞑ったまま思い切り全力で走ったせいか、気がつくと宇山は相手の男の目の前にいた。

「うわっ、びっくりした」驚いた宇山はのけぞって止まった。相手との距離を詰め過ぎたせいか、さっきまでの気迫はどこかへ消えて怯えた表情になっている。

「この距離と間合いだと、相手の一太刀で俺はヤラレル」宇山は咄嗟にそう思った。

自分にとって有利に陣を敷く場所はいくらでもあったのに、わざわざ不利な場所に布陣してしまった。粋がって走り過ぎた自分を後悔し、相手に気づかれぬよう少しだけ後ずさりして間合いを取り直した。

「宇山、助かった。よく来てくれた」

恐怖で震えていた菅野が、呪縛から解き放たれたように喜んでそう言った。いい気なものだ。宇山はそれどころではない。菅野の戦闘能力が、ゼロに等しいのが分かっているからだ。数の上では二対一と有利な立場でも、ドラゴンボールに出てくる戦闘能力を測るスカウターがここにあれば、一対一〇の能力差で圧倒的に不利な状況に違いない。宇山は次の手が頭に浮かばず、バールを握りしめたまま相手の男を睨みつけた。今できるのは、いったん怯んだ表情を振り払って強面で対峙するくらいの事だ。何の根拠もない睥睨がしばらく続いた。時間にすると数十秒くらいだったかもしれないが、数十分対峙したように感じられた。バールを持つ手は汗と雨に塗れ、いまにも手から滑り落ちそうだ。

そのときだった、相手の男が突然叫んだのは。

「お、俺は、ここまでするつもりはなかったんだ！」

男は手にした鉄パイプをいきなり宇山に投げつけて、逃走を始めた。宇山は咄嗟に身をかわして飛んでくる鉄パイプを避けた。鉄パイプはアスファルトの上を、乾いた音を立てて転がった。宇山は相手を追いかけることはしなかった。彼は安堵の表情を浮かべてその場に立ち尽くし、雨空を見上げて大きく息をした。白い吐息が宙に舞い、生きている証を感じ取った。なんとか無事に、相手を追い払うことができたのだ。

宇山は菅野と共に須山のもとに駆け寄り、心配そうに容体を見た。意識はあるようだが、眼を瞑って苦しそうに息を吐いている。菅野は一一九番を掛けて救急車を呼んだ。電話に出た相手に詳しい状況を聞かれているようで、須山の容体を丁寧に説明している。

宇山ははっと思い、自分は警察に電話を掛けることにした。この件は事故とか病気とかではなく、れっきとした暴行事件なのだと思い返したからだ。

＊

「恐怖は側頭葉で生じる。特に偏桃体という領域でね。アーモンドほどの大きさだがそれが及ぼす影響は大きく、シナプス応答に刷り込まれている情動的経験の記憶が、偏桃体の中心核との接続を介して、恐怖行動を引き起こすんだ」

佐々木は恐怖に怯える菅野に、脳のメカニズムの説明をした。NHK敷地内での襲撃事件を受けて、菅野は心的障害に近い状態に陥っており、心の師でもある佐々木のもとを訪ねていた。世間的にみて成功を収めた菅野は、日頃から佐々木のことを軽く見るところがあるのだが、勝手なものでこのような時は彼を誰よりも頼りにしてしまうようだ。

「詳しいんですね。おやじさんは、何でも知っているので驚かされますよ」

「テレビドラマ『ナルコス』からの受け売りだ。それで興味を抱いて、俺なりにさらに詳しく調べてみると、いま言ったような内容だった」

佐々木は「琥珀」のカウンターに座る菅野に、熱いお茶を出してやりながらそう言った。菅野は、平日の午後四時なら営業に差し支えなく、ゆっくり相談できると思って店を訪ねたが、佐々木は仕込みの最中だった。だが嫌な顔ひとつせず、佐々木は仕込みを料理長に任せて、菅野の話を聞いてやった。菅野がこの店に来るのは約四カ月ぶりだった。

「須山の容体は安定しています。ＣＴ検査の結果、脳内出血が見られなかったというので安心しました。倒れた際の後頭部の裂傷で八針ほど縫ったのと、おでこが瘤とり爺さんみたいに腫れあがっているくらいで、命に別状はありません」

「そうか、それは良かったな。精神的にも大丈夫なのか？」

「あいつは大丈夫です。普段は何も考えていないようだけど、こんなときも何も考えていませんでした。俺が見舞いに行ったら、自分の額を指さして『この大きなたんこぶは、おまえが俺を台本で叩いたときに出来たのか？』などと言うんですよ」

菅野は苦笑しながら、少し首を振ってそう言った。彼は不安や恐怖を無理やり封じ込めて、小さな笑いで誤魔化そうとするのだが、どことなく辛そうだ。顔は笑っているが、目の奥は笑っていない。親しい者が癌の告知をされた際、その話題を避けて笑顔で接する友人のような、どこかこわ張った表情だ。

「俺の精神状態はアーモンドの仕業だったんすね。それを聞いて、なんだか恐れるのが阿保らしくなってきました」

菅野は気丈に明るく振舞った。佐々木は何も言わず、深刻な表情でカウンターにあるダスターセットの向きを整えている。彼がこのような仕草を見せるときは、決まってなにかを深く洞察しているときである。菅野はそのことに気がついた。

「おやじさん、なんか気になりますか？」

「おう、ちょっとな。以外に近いところの者の仕業かもしれない。ネット上で悪評を振りまいている厄介な奴を見せてくれ」

「これです。見て下さい」

菅野は自分のスマホを操作してその画面を出すと、佐々木に手渡した。佐々木は黙ってしばらくその記事を読んでいたが、ある程度読み終えると投稿記事を閉じて、ある男の過去のブログ記事を調べ始めた。菅野は横から画面をのぞき見して、思わず声を上げた。

「えっ、これって……陽介？　滝嶋陽介のブログじゃないですか」

佐々木は何も応えず、黙ったままブログを読み続ける。人差し指で画面をスクロールしながら、彼の目は真剣だ。日付を確認しつつ、次々と記事を過去へと遡っていく。

沈黙の時間が経過していった。静かにしていると表の音がよく聞こえる。歩行者の信号機が青に変わったのを知らせる報知音や、車やバイクのエンジン音、幼い子の泣き声や、小学生くらいの子供たちの笑い声も聞こえてきた。菅野はいまどこで何をしているのかさえ忘れ、心を空にして外の景色を思い描いた。度重なるショックから逃避したいのか、まるで瞑想に耽る仙人かお寺の高僧のように、心穏やかな時間に身を委ねていた。

「あった、これだ。見てみろ」

佐々木の太い声で、菅野は突然現実に引き戻された。佐々木からスマホを返された菅野は、その画面にある文章を一読し、再び声を上げた。

「なんじゃこれ！」

〝太陽にほえろ〟で、松田優作演じるジーパン刑事が殉職する際に叫んだセリフを使った。

これこそ「昭和研究会」のメンバーが、実生活で一度は使いたいと思っていた台詞だ。

「それを言うなら『なんじゃあこりゃあ！』だろ。おまえ岡山弁ちゃんと使えよ」

佐々木が松田優作そっくりの野太い声で指摘した。そのとき初めて菅野は気がついた。

「そういえばこのセリフ、まるっきり岡山弁じゃないか……」

だがそんなことは今、どうでも良かった。彼は本題のブログ内容に話を戻して言った。

「おやじさんが言いたいのはこの箇所ですよね」と言って菅野はその長文を朗読した。

『俺は強い男だ。相手が二人だろうと、喧嘩して本当に勝ったんだよ。それを芝居だったなんて大嘘ついて、漫才のネタにした奴らがいる。天下に大恥を晒された。そして俺の人生から大切なものを奪われた。自分たちが世の中にウケたいがために、善良なる市井の人を犠牲にしたのだ。奴らは知っておくべきだ。必死に地を這うように生きる者たちのことを。いや、知っていたはずだ。何故なら奴らも、昨日まではその中の一員だったから。だから敢えて言う。どんなに立場や状況が良くなったとしても、決して忘れたり失くしたりしてはいけないものがある。昨日までの地を這うような生活があったからこそ、今のおまえらがそこに立っていることを忘れるな』

菅野が朗読する声には、徐々に力が入っていった。菅野は佐々木の顔を一瞥し、続きを読んだ。

『だが愚かなおまえらはなにも知らないし、ひとかけらの気づきも得ていない。だから俺が言っていることが真実だと知らせなければいけない。近いうちに機は熟すだろう。俺はたったひとりで、クズ野郎の二人を倒す力があるということを、再び天下に示すのだ』

菅野が読み終えると佐々木は立ち上がり、店の暖簾を出しに表に出た。その場に残された菅野はひとりで考えた。すると再び、外の音が聞こえ始めた。信号機の変わる音や、バスやバイクのエンジン音、子供たちの話す声、それらは不思議なことに、ある条件の下で聞こえ始めるようだ。それが何なのかは分からない。だが一定の条件を満たしたときに、菅野の耳に届くようになっている。

「そろそろ開店だ」

店内に戻った佐々木の声で我にかえる。このパターンも先ほどと同じだ。

「あっ、いけね、もうこんな時間だ。長居しました。今日はありがとうございました」

菅野は慌てて、椅子の背もたれにかけていたブルゾンを着てお茶を飲み干すと、厨房内の洗い場に湯飲み茶わんを戻しに行った。

「おう、そのままでいいぞ。あと洗っとくから」

「あざぁっす」

菅野は軽く頭を下げて厨房から出てくると、その足で店を出ようとした。

「ちょっと待て。最後にひとこと言っておく」

そう言った佐々木の顔が怖かった。店内の暗がりの中、入り口の窓から差し込む西日を受けて佐々木の顔は朱色に染まり、周りにはキラキラと塵が舞っている。還暦を超えた齢によって眉間に深い皺を刻み込んだ男の表情は、阿修羅のような憤怒の形相にも見えた。

「はいっ、なんでしょう」

菅野は直立不動で聞く態勢をとった。

「陽介の半分は正しい」

「はいっ？」

「あいつの言ってることの、途中からはその通りだと言ってるんだ」

佐々木の表情に更に凄味が加わった。まるで鬼そのものだ。

「なに言ってるんすか。丈太郎を病院送りにした野郎ですよ。正しいことなんて、奴の中にひとかけらもあるわけないっしょう」

佐々木は、こう言えば菅野という男はそう言うだろうと分かっていた。「刺激と反応」の理屈だ。自分にとって聴き心地のいい話はすんなり受け入れるが、違う意見に対しては攻撃的になる。菅野は自分と違う意見は、有害な「刺激」として即座に「反応」するタイプだ。

「このブログを警察に見せて状況証拠の一つとし、現場に残された鉄パイプを陽介の指紋と照合して貰えば物的証拠が固まり、彼は逮捕されるだろう。当然、須山が被害届を出していればだがな」佐々木は菅野を睨むようにして言った。

「勿論、出していますよ。警察は暴行事件として捜査中のはずです」

「それでいい。陽介の間違った生き方が更生され、彼が気づきを得ることを祈っている。そこまでは、彼の中にある歪んだ嘘や偽りに対する決着のつけ方だ。だが彼が主張している残りの部分は、まさにおまえら『トッパーズの生き方の問題』でもある」

佐々木がそう言うと菅野は右手を翳し、話の続きを遮るようにして話し始めた。

「『どんなに立場が変わっても、絶対に忘れてはいけないものがある。昨日までの地を這うような生き方だ。そのときがあったからこそ、今の自分たちがある』という主張でしょ?」と言って菅野は少し嫌な笑い方をした。そして続けて言った。

「俺たちは成功者ですわ。成功したものには大きな道が開かれとる。言っちゃあ悪いが、あんたらみたいに穴にこもって屁理屈ばかり捏ねている連中とは違うんですよ。負け組といつまでも付き合ってなんかいられません。要はこの店に俺たちが来んようになったから、皆さん僻んどるんと違います？　でも来なくなるのは当然や。失敗者の人生から学ぶものなんて、何ひとつありませんから」

菅野は一気に捲し立てた。ネタ帳をつくりながら「琥珀組」で長年論争してきたせいか、口は達者だった。そしてこの男は僅かの刺激に対して、爆発的に反応するみたいだ。

「『賢者は愚者からも学ぶが、愚者は賢者からも学ばない』という言葉がある」

佐々木は短いワードで応えた。

「そういうのを屁理屈って言うんすよ。成功したものこそが正義っしょう。世の中がそういう仕組みになっとるんや。おやじさんも成功しなきゃ、なに言ってもダメやで。言っとくけど俺たちには、大手企業のスポンサーがつくことになったんや。あのレストランチェーンの〝アンブル・デュ・ウレストゴン〟が、ＣＭキャラクターにトッパーズを採用してくれることになった。どや、凄いやろ。おやじさんもこんなシケた店やってないで、大きな夢を追いかけてみたらどうです？　ま、その歳からじゃ何やっても無理やろうけどね」

菅野は自分こそ正義だと信じているから、人の言うことに耳を傾ける気がない。

「正義を持ち出して振り回すんじゃない。言っておくが、正義の反対側にあるのは悪ではない。もうひとつの正義だからな。立場が変われば視点が正反対になってしまう。事実はひとつだが、真実は人の数だけある。人は自分の真実を求めてそこに依拠するからだ」

佐々木はそう言うと菅野に対して出て行くように、右手で軽く人払いのジェスチャーをした。菅野は不機嫌そうな表情を浮かべて店を出ると、思い切り引き戸を締めた。

「ビシャーン！」という音と共に、入り口のガラス戸はしばらく振動していた。佐々木はいっさい動じることなく、何事もなかったかのように開店準備を再開する。萱野は晩春の夕方の街の穏やかなリズムに反して、ひとり速足で駅までを急いだ。

四月も後半になると夕暮れの暖かい日差しの中に、木々の芽吹きの香りが潜んでいる。日中の麗らかな陽光によって大地が温められ、トワイライトタイムには大気の濃度が上昇するからだ。知らず知らずのうちに、行きかう人の心も和んでいるのかもしれない。

夕方になると外の交通量は昼間よりずっと増えているようだが、昼間の喧騒とは違い、夕陽に照らされた人たちの表情は穏やかに見える。運転する人たちは一日の仕事を終え、その日の成果と疲労を両肩に乗せたまま、安堵の表情でハンドルを握っている。

その情景の中を険しい表情で歩く萱野は、天然色のなか一人だけモノトーンに沈む男として、明らかに周囲と相容れない姿を晒していた。

9.

風光る麗春の日々は瞬く間に過ぎ去る。気がつくと五月の連休も終わって、夏の訪れを待ちわびる季節となっていた。

この日は佐々木義人の六十五歳の誕生日だった。それもあってか久しぶりに店を訪れる者も多く、週末も重なって「琥珀」は早い時間からほぼ満席になった。緒方や玄葉の「昭和研究会」グループは、最も若い「琥珀組ヤング」の一員として店の一角を占めていた。緒方とサチは早めに店に来ていたが、玄葉は少し遅れてやってきた。

「おう、ご苦労さん。とりあえずビールいくか?」

緒方は、テーブル上のコースターに伏せて置いてあるビールグラスを玄葉に手渡し、瓶ビールを注いでやった。

「二週間ほど前に、菅野がおやじさんを訪ねて来たってさ」

緒方は、自分のグラスにも手酌でビールを注ぎながらそう言った。

「へええ、いまさら何だってんだ」

玄葉はグラスのビールを一気に飲み干すと、不思議そうに訊いた。

「佐々木さんからは何も聞いてないんだけど……菅野さんがものすごい剣幕で店から出てきたのを、外で常連の人が目撃したらしいよ」

サチが状況を説明した。店の前をたまたま通っていたのは、サチの知人だったようだ。

「あれじゃないか? NHKでの襲撃事件を受けて、須山の容体の報告と今後の相談に来たんじゃないのか」

緒方が自分の顎を撫でながらそう推測した。テレビでよく見る、探偵役の演技を真似ているような仕草だ。

「俺もそう思う。普段はあいつ強がりばかり言ってるけど、根は臆病者だからな」

玄葉も手酌でビールを注ぎ足しながら、その考えに同意した。

そこへ美玖が到着した。サチとは同じ職場だが、彼女は会社から「現代アートの事業継続計画」(BCP)を立案しろという特命を受けており、毎日が粉骨砕身、獅子奮迅の仕事ぶりで、終業時刻も随分と遅くなっている。だが彼女は仕事への満足感の方が勝っているのか、疲れた様子もなく清々しい表情で現れた。

「ごめん、遅くなっちゃって。皆でなんの話してたの?」

美玖は玄葉からビールを注いでもらいながら尋ねた。

「菅野の件さ。サチから聞いてるだろ」緒方が眉根を寄せて言った。

「うん、聞いてる。どうかしてるよ、菅野啓太」

美玖はコップのビールを飲み干し、「ふーっ」と一息つくと、吐き捨てるように言った。

美玖もサチも、トッパーズの二人とは直接の面識はない。彼ら二人がこの店に来なくなってから、緒方や玄葉と知り合ったからだ。勿論、美玖の場合はサングラスにマスク姿で扮装したトッパーズには一度出くわしているのだが、テレビでしか顔を見たことがない。

「琥珀組」に不義理を続けるトッパーズのことは緒方たちから詳しく聞いていたが、なにより美玖にとって彼らは、滝嶋とグルになって自分を騙した憎むべき相手だった。NHKでの襲撃事件は、その二人が少し有名になって、テレビや週刊誌などで扱われ始めた矢先に起きた出来事である。

「バシャールが宇宙の真理として言っている」と緒方が言った途端……

「自分のしたことがすべて自分に返ってくる」と玄葉が先回りして言った。

サチと美玖は顔を合わせて、互いに大きな目を見開いた。きっと今までに何度も聞かされてきた台詞だったのだろう。

「そこまでは自業自得だとしても、なんでおやじさんと揉めたんだ?」と玄葉が訊いた。

「私が思うには、佐々木さんが菅野啓太の『天狗の鼻』をへし折ったんじゃないかな」

サチが自信ありげに言う。

「俺もそう思う。あいつら少しばかり売れ出したからって、調子こいてたからな。俺たちにはナシのつぶてだし、滝嶋との悪の密約はテレビでネタにするし。何といってもおやじさんに挨拶もなく店に来なくなり、困ったときだけ相談に来るなんて、まともな人間のやる事じゃないよ」

緒方は彼らへの不満を一気に捲し立てた。そこへ佐々木が追加オーダーの料理を持ってやってきた。今日は、自分の誕生日を祝うためにわざわざ来店してくれた客が多く、厨房から出て一言お礼を言って回っているようだ。

「おやじさん、六十五回目の誕生日おめでとうございます！」

緒方が杯を挙げた。皆もそれに合わせて乾杯した。

「ありがとう。何回目かまで言わなくていいよ。自分でも何歳か忘れてんだから」

佐々木はそう言って皆を笑わせた。

「ところでおやじさん、先月、菅野が店に来たんだって？」

やや赤ら顔になった緒方がだしぬけに訊く。

「ああ、このまえの襲撃事件の報告と、今後の相談にやって来た」

琥珀組の若手一同は、互いに顔を見合わせて軽く頷いた。自分たちが予想した通りだったのを、皆で確認し合うように。

「なんだおまえら、知っていたのか。なんでもよく知ってんだな」

佐々木は呆れ顔ながら、なにか少し嬉しそうだ。

「でもそこまでおやじさんを頼ってきていながら、なんで椅子を蹴って出るような真似をしたんですかね」

怒り口調の玄葉の言に、佐々木は驚いた表情で目を白黒させた。

「どうしてそこまで知ってんだ？　おまえら俺に探偵でもつけてんのか？」

琥珀組の若手一同はここでも顔を見合わせて微笑んだ。緒方と玄葉は図らずも、須山が佐々木を尾行した日の〝中野駅の黒塗りベンツ〟のことを思い出した。

「そこまで分かってんだったら、なんでそうなったかも分かるだろ。『琥珀組』なら想像力を働かせろよ」

佐々木が興味深そうに、皆を一瞥して言った。

「それはきっと、菅野啓太の『天狗の鼻』を佐々木さんがへし折ったからだと思うよ」

サチが穏やかな口調で言った。「へし折る」という言葉がまるで似合わない声色だった。サチの婉麗な口調は美玖のそれとは違って、静かに相手の喉元に匕首を突きつけるような凄さがある。一方、美玖は感情を激烈に出すタイプだ。二人とも愛らしい表情でそういったことをするから、並の男では到底太刀打ちできないのだろう。

「『琥珀組』ヤングのメンバーは、なかなか察しがいいようだな」

佐々木はそれだけ言うと、微笑んで厨房へと帰っていった。すべて図星だと言わんばかりの満足気な表情で。

ここに来る客は、佐々木の気取らない性格が好きだ。彼は必要なこと以外はあまり喋らないがユーモアのセンスがあり、言動にはいつも筋が通っている。そして相手が誰であろうと媚びたり日和ったりせず、同調圧力には決して屈しない。自分の思うこと以外は、話さないと決めて生きているようだ。彼の頭や心とは違った場所に揺るぎない魂が存在し、そこが司令塔となって佐々木という人物を動かしているかのようだ。佐々木が「琥珀組」の若者たちの生きざまに対して満足な表情をしてくれるだけで、皆は嬉しく思った。

入り口の引き戸が開いて、二人の客が入ってきた。

「いらっしゃい。お二人さん?」と佐々木が太い声で訊いた。よく見るとそこに立っているのは、トッパーズの菅野と須山だ。

彼らはばつが悪そうな顔をして、厨房内の佐々木を見た。佐々木は平然と言った。

「見た通り、いま満席でね。知り合いの方がいたら、そこを詰めてもらうといいよ」

菅野と須山の二人は無言のまま店内を見渡した。入り口の二人を凝視する緒方たちのグループと目が合った。両者を結ぶ線上の中間地点で、激しい火花が散ったように感じられた。菅野と須山は緒方たちのところへゆっくりと歩いて近づいた。須山は退院して間もないのか、頭に包帯が巻かれて痛々しい。

「よお、久しぶり」

最初に声をかけたのは玄葉だった。

「やあ、皆元気でやってたか?」と菅野が固い表情のまま、少し無理をして言葉を出した。

それには誰もなにも応えなかったが、玄葉が横の美玖と共に席を詰めて、一人座れるスペースを作ってやった。それを見て菅野はすぐそこに腰をかけた。須山は痛々しい姿で立ったままでいた。それを見た玄葉が、壁際のベンチシートに座る緒方とサチに、どちらかに詰めてやるよう、手でジェスチャーした。

須山は片手で拝むような仕草をしながら玄葉たちの前を通り、奥の緒方の横に座った。

「事件のことは、スポーツ新聞等で読んで知ってるよ」

玄葉が重い空気を破るように、この話題について最初に話し始めた。

「俺たちは被害者や。こいつの頭を見てくれよ、誰からも非難される筋の話やない」

菅野はそう言うと手をあげてホールのスタッフを呼んだ。来たのはファミコン言葉の上手な女子大生バイトだった。不思議なことに何かの節目で皆が集まるときに限り、いつもこのスタッフが登場する。目に見えないサイクルにうまく嵌っているのかもしれない。

「生ビールをふたつ。あと、枝豆とイカ刺し頼むわ」

菅野は、いつもそうするように須山の分まで注文した。

「はい、かしこまりました。生ビール中ジョッキをおふたつと、枝豆とイカ刺しおひとつずつですね。ご注文のほうは以上でよろしかったでしょうか？　本日は大変混みあっておりますので、少々お時間いただく形となりますが、それでもよろしかったでしょうか？」

「よろしかったです」緒方が菅野に代わってそう応えた。

「滝嶋陽介が犯人やった。奴が鉄パイプで俺たちを襲ったんや。先々週、この店まで来ておやじさんに相談して、それが判明した」

菅野が唐突に話し始めた。その途端、全員の動きが停止した。飲み物を持つ手や、料理を箸で摘まむ手が止まった。会話も止まった。再生中の画像に一時停止ボタンを押したような光景だった。緒方が「ごくり」と唾をのむ。玄葉は頭を左右に軽く振った。サチと美玖は止まったまま互いの顔を険しい目で見た。

「確かなのか？」と緒方が訊いた。

「間違いない。犯人は手袋を嵌めとったようで、鉄パイプから指紋は検出されんかった。だが警察が、付近の防犯カメラから犯人の足跡を追い、駐車場へ戻ったときの男の車のナンバープレートを割り出したんや。車種も、滝嶋の乗る紺のインプレッサやったらしい」

菅野が、怒りに震える声を抑えながら説明した。

「いま警察が慎重に捜査を進めとるが、指紋が出なかった分、逮捕まで少し時間が掛かりそうだ」

須山が細い声で言った。

「テレビとかに出るの？」美玖が興味深そうに訊く。

「そこまでは、ないんちゃうかな。俺たちのネームバリューからすると、せいぜいスポーツ新聞に小さな記事で載るってとこやろな」

菅野はそう言うと、少し自慢そうな顔で生ビールを飲んだ。彼はビールを半分ほど飲んだところでジョッキをテーブルに勢いよく置き、更に続けた。

「理由はようわからん。だがな、一つ言えることがある。奴の妬み、僻みがこの事件の根底にあるいうことや。俺たちがいきなりテレビに出るようになったやろ？　このままで一緒にここで酒を酌み交わしていた仲間なのに、俺たちだけがある日突然世間に認知され、もてはやされだした訳やから、妬ましく思う気持ちも分らんことはない。だが、だからと言って、凶器を手に暴行事件を起こすなんぞ言語道断、絶対に許されない行為や」

菅野はここでも一気に捲し立てて悦に入ると、一息ついて同意を求めるように須山の顔を見た。

「啓太の言うとおりじゃ。陽介の性格からすると、俺たちが脚光を浴びたことで奴は猛烈なるジェラシーの火を燃やしたんじゃろう」

須山が反応して言った。菅野の説に合わせたというよりも、本心からそう思って言っているようだ。

「俺らには、遂にテレビCMの仕事も回ってきたしな。あの有名なレストランチェーンの、〝アンブル・デュ・ウレストゴン〟からのオファーもあったんやで、この俺たちに」

菅野がどうしてもここで皆に伝えたかった自慢話が、このような形で披露された。

「おまえらめでたいやつらだな」と玄葉が言った。

「ん？」

須山は菅野の顔を見た。何か自分たちの顔に「おめでた印」が付いているのを確認するかのように。

「二人そろってどこまで自分本位なんだよ」と更に玄葉が言う。

「おいちょっと待てよ。なんや、その言い草は」

菅野が早速「刺激と反応」の現象を起こし始めた。

「あなたたちは少しでも宙に浮くと、地上の景色が見えなくなるようね」と美玖が言った。菅野と須山は初めて美玖の方に向き、改めて見覚えのない女性二人をまじまじと見た。

この女性たちはなぜここにいて、しかも彼女らには関係のないこの話題にズケズケと入って来るのか。菅野は彼女たちに対して、不信感と嫌悪感に満ちた表情を向けた。

「あなたたちは私に会っているんだよ。あの日、暗がりから現れて私と陽介を襲おうとした、卑劣な二人組こそがあんたらでしょ」

菅野と須山は「あっ」という顔をして、口をポカンと開けたまま美玖を見た。

「あなたは、陽介が妬みの感情を抱いているといった。私たち皆に対しても同じように思っているようだね。それが『おめでたい』って言ってるのよ。たかだかあんたらごときに、妬みも僻みも抱くほど私たちは暇じゃない。あんたらは自意識過剰なんだよ、わかる？　私の言ってることが」

美玖は憤りをうまく抑えながら、落ち着いた口調で論理的攻撃を展開した。菅野と須山は、驚愕の表情で美玖の顔を見ている。

「それで自分たちは被害者面しているけど、同じことを私にしたのはどう思っているの？　私が警察に訴えなければ何も考えないわけ？」

菅野と須山は最初に三歩、更にここで十歩ほど後ずさりしたような気がした。滝嶋から金を貰って仕掛けた芝居の相手が目の前にいるという衝撃と共に、美玖の発する怨嗟の声が、鋭いナイフのように一言ずつ二人の心に突き刺さった。

「あれは軽いジョークや。陽介もダチやし、あいつに頼まれたら男として断れないやろ」菅野が咄嗟に詭弁を弄す。

「どこまでも自己弁護するんだ。いいよ、私が味わった絶望感を、あんたたちにも味わわせてあげる。楽しみにしておきなさい」

「それって……警察へ届け出るんと、ちゃうやろな」菅野が恐れるように訊いた。

「知らないよ、なんでいちいちあんたに説明しなきゃならないの。私の思うようにするからほっといて」

美玖は毅然と応えた。トッパーズの二人は、完全に美玖に抑え込まれた格好だ。

「琥珀組ヤング」のテーブルに気まずい沈黙が流れた。……ちょうどこの時、その沈黙を破るかのように隣のテーブルに動きがあった。

ひとグループ入れ替わったようだ。新しい客は上品なスーツを着た、年恰好が四十代から六十代の会社の管理職風の四人組だった。見たところ、全員が年相応に落ち着いた雰囲気を醸している。狭い店内は、殆どが常連客で埋め尽くされるのだが、隣の四人組は見慣れない顔ぶれだった。興味深い客層を目の当たりにして、久しぶりに玄葉のヒューマンウオッチングが始まった。彼は店内で気になる客を見つけると、その相手の行動を観察して日常の生活や生来の性格まで分析し、ひたすら妄想に耽るのが好きだった。

*

すると、その管理職風の四人のうち一人が、菅野と須山をじっと見ているのに気がついた。どうやら最近テレビで売り出し中のトッパーズだと気がついたようだ。まして先日、ＮＨＫでの襲撃事件で世間を騒がせたばかりなので、注目度が上がっている。須山の頭の包帯も目立っていて、まるでこの二人がトッパーズ本人であることの目印のようだ。

「あの、すみません。もしかしてトッパーズのお二人でしょうか？」

二人を見ていた（四人の中では最年長に見える）、六十代後半くらいの男性が尋ねた。

「ああ、そうや」と菅野が応える。周りの皆は「もっと丁寧な言葉で話せよ」と思った。

だが菅野は自分たちが有名になっていることをこの場でも誇示したいようで、声を掛けられたことが本当は自慢なのに、変に気取った態度をとった。

「やはりそうでしたか。この度は大変でしたね。でも見たところ、元気に回復なさっているようで安心しました」と、その男性は、今度は須山に向かって言った。

「おおきに。これやから芸人とかやってると、大変なんですわ」

須山が礼を言って笑った。彼はネタ作りこそ出来ないが、愛想はとてもいい。

「よろしければ、これにサインして頂けないでしょうか」

その男性は、自分の鞄からボールペンと一冊のノートを差し出した。芸能人を前にしてよくあるのは、一緒に撮影してほしいという申し出だ。自身のインスタとかブログやツイッターに載せて自慢したい人が多い。それくらいならまだいいが、有名人と一緒に写っているのをネタにして金儲けや、事実を歪曲したストーリーにして脅すような輩もいる。そう言った意味からも、写真撮影を断わる芸能人も最近では結構多い。

だがこの男性からの申し出は、単なるサインの要望だ。いろんな事情を考慮しながら申し入れているようにも見え、思慮深さが感じられた。

「ええよ」と言って菅野はサインをし、須山にも渡した。須山がサインをしている間に、その男性に向かって菅野が話し始めた。

「俺たちの漫才が最近ウケだしたのを、面白く思わない奴の仕業でね。しかもそいつは顔見知りで、この店の常連客や。あなたたちはここであまり見ない顔やけど気をつけないと、こんな店で毎晩うだうだやっとる連中なんて、一生うだつが上がらない奴らばかりやで」

サインを頼んだ男性は、須山からノートを受け取りながら一礼して言った。

「犯人のやったことはどんな理由があろうと決して許されません。しかしその背景にあるものは、善悪の一言で言い表せられないものかもしれませんね。あなたのような『成功者』と呼べるような人たちと、そうでない者たちとは、果たしてあなたが言うように完全に二律背反するものなのでしょうか」

その男性は大切そうにノートとボールペンを鞄に入れながら更に話した。

「私の卑近な例で言うと、自分が大学に入学したときは学生運動も終わり頃でしたが、その当時でも、過激な活動に参加するかしないかの二択しか価値観が存在しませんでした。参加すれば『反体制派』のレッテルを貼られて仲間にされ、参加しなければ『体制側』として、自己中心的で卑怯な人間と見做されました。本来、人は多様であるし、そうあるべきです。決して一つだけの価値観で判断してはいけません。私はあなたのお話を伺っていると、どうもその頃の、窮屈で意固地な思想が思い出されてならないのです」

男性はそう言うと、にこやかに微笑んで自分の席に戻った。言っていることは厳しかったがまっとうだった。

「おい、おまえらもああいう人のようになって、初めて成功者だって言われるんだよ」

何度も頷きながら聞いていた緒方が、菅野たちにそう言った。

「なに格好つけとるんや。見てくれはええけど大した人間と、ちゃうやろ。だってこんなちっぽけな店に集まって飲もうって連中やで。いい年して、おかしいやろ。人生の成功者は、それなりの場所を選んで飲みに行くって。俺たちのように、六本木や麻布の店にな」

菅野がムキになって反論する。

「ちっぽけな店で悪かったな」と、いつの間にか傍に来ていた佐々木が言った。

「あちゃっ、おやじさん。今日は誕生日おめでとう」と菅野が驚いて言った。

「ありがとな」と言って、佐々木はいま来たばかりの、隣のテーブルの四人組におしぼりを渡した。佐々木の姿を見て、隣のテーブルの四人は微笑んで言った。

「社長、このたびはお誕生日おめでとうございます」

「ありがとう。だけどいつも言ってるだろ、その格好でこの店には来るなって」

佐々木はそう言って四人を睨んだ。

「すみません。どうしても誕生日の今夜はお祝いしたくて、急いで会社から直行しましたもので」

先ほどの最年長者の男性が、頭を掻きながら言い訳する。

「ま、来たからにはゆっくりと飲んでいってくれ」と言って佐々木はその男性にビールを注ぐと、軽く微笑んでその場を後にした。

「……」

「琥珀組ヤング」のメンバー六名はこの事態を理解しようと、各自の頭の中で自家製コンピュータをカタカタとフル稼働させていた。

10.

店内には有線放送で流行りの曲が流れている。瑛人の「香水」が流れ始めると、サチはお気に入りの曲なのか——眼を瞑って心地よさそうに、曲に合わせて頭を左右に揺らす。

この店で起きている不思議な出来事の謎解きは、先ずはサチから解決させたようだった。他のメンバーは黙って酒を飲んでいるか、腕組みして隣のテーブルや厨房のあたりをちらちらと見ているか……いずれにせよ結論を持たずに、何か落ち着かない様子だ。

特にトッパーズの二人は、キツネに摘まれたような顔でずっと宙を見ていた。

「あの、よろしかったら一緒に飲みませんか？」

通路側の長椅子の端に座る美玖が、隣のテーブルの中年男性陣に声をかけた。楽しそうに会話しながら飲んでいた四人は少し驚いて美玖の顔を見たが、すぐに全員が嬉しそうな顔をして頷いた。

「いいんですか？　我々で……。見たところ皆さんお若いようなので、話が合うかどうか分かりませんよ」

と最年長の男性はそう言いながらも、既にテーブルを持ち上げて動かし始めた。他の者も張り切ってテーブルや椅子を動かしている。四人とも嬉しそうにキビキビと動いた。

菅野はそれを見て「なに勝手にそんなことしとるんや」と思ったが、口に出しては言わなかった。他の若手メンバーはこの合流の動きに対して、全員が喜んでいるようだった。

「じゃあ、改めて杯を合わせましょう。『琥珀組』ヤングとシニアの合流を祝して乾杯！」隣から来た最年長の男性がそう言ってグラスを掲げた。

「乾杯！」と全員が声を上げた。

「シニアとはうまく言ったもんだ。高齢者チームと言った方が相応しいけどな」

二番目に歳のいった男性が自虐的に言った。

隣から来た男性陣四人は皆ユーモアのセンスがあり、合流したこのテーブルは大いに盛り上がった。それぞれが自己紹介するうちに、彼らの会社の形態が徐々にわかってきた。運輸と不動産と外食の各事業を展開する複合企業で、いわゆるコングロマリットだった。

その各事業部長が一緒に飲んでいるという格好だ。さすがに彼らは多くの社員を使っているだけに、四人とも「人慣れ」している。若い人を相手に楽しい会話が泉のごとく湧き出てくる。蘊蓄の深い話も、驚くようなずっこけ話も、多くの引き出しから引っ張り出してきて次々と披露される。それも決して自分たち中心で話すのではなく、若者たちの話題に沿いながら、多くのネタが俎上に並ぶのである。「琥珀組」ヤングの六人はすっかり彼らの面白さと豊かな人生観、そしてソフトでありながらも芯のある生き方の虜になっていた。

「ところで先程、おやじさんのことを『社長』と言っていましたよね。そのときの皆さんは、洒落で言っていたとは思えなかったんですけど……」

満を持してサチが切り出した。人は自分たちにとって理解しがたい事が起きたときには、それを避けて通るか最適の時期を見計らって解決の方法をとるか、いずれかのようだ。まさにサチはいま、勇気をもって最適のタイミングで解決の手段をとった。

直接彼らに問いかけたのだ。若い六人は固唾をのんで相手の言葉を待った。

「ああ、その事については齋藤本部長から言ってくださいよ。今夜ここへ来るのを決めた張本人ですから」

と外食事業部長の松本信也が言った。

三人の各事業部長の上に立つのが、先ほどトッパーズからサインをもらった最年長の齋藤茂雄本部長だ。どうやら今夜、彼が皆を誘ってきたようだ。

「わかった。『来たからにはゆっくりと飲んでいってくれ』と〝許しの言葉〟もあったので、俺からちゃんと説明しよう」と齋藤が言った。

その〝許しの言葉〟とちゃんとした説明とがどう関係するのか、皆は分からないまま聞いた。多分、齋藤もよく分からないまま喋っていた。

「サチさんの言うとおり『おやじさん』、つまりこの店の店主である佐々木さんは、我々の会社『アンブル・アンタプリズ社』の社長です」

皆の顔色が変わった。「アンブル・アンタプリズ社」と言えば、誰もが知る上場企業だ。驚愕の表情とはこの事だろう。水を打ったような静けさになった。若手六人の中ではサチだけが、ある程度の答えを持ち合わせていたかのようだ。彼女ひとりが余裕の笑みを浮かべて聞いている。自信を持って試験を受けた受験生が、その答え合わせをしているときのように爽やかな表情だ。

「会社名までは知りませんでしたが、やはりそうだったんですね。佐々木さんはそのことを皆には一切言わずに、ひたすらこのお店を営んできた。だからこそ細胞分裂するアメーバのように、次々と『琥珀組』が生まれてきたのかもしれませんね」

サチは、自分の中で何か合点がいったように言った。

「佐々木社長は、私たちが社員としてこの店に来るのを拒みました。一人の人間として、或いは友人同士として来店することのみ、是としたのです」

齋藤が責任を持って説明を続けた。

「皆さんもお気づきのように、社長は週末にはどっぷりと店で働きますが、平日は仕込みを済ますと、早い時間に料理長とバイトに任せてあがっていますよね。実はその後、会社が経営する事業の各部署や店舗を回っているんです。最寄りの中野駅まで、社用車が迎えに行くようにしています」

「あっ、黒色のベンツや」

菅野が思わず声を漏らした。

「そうです。なぜご存じで？」

「あっ、いや……企業の社用車ならそうかな、と思って」

菅野は皆に目配せして俯いた。

「勿論、午前中は本社で指揮を執っています。総勢で千人規模の社員を抱える企業ですから、中途半端な経営はできません。社長は全てにおいて真剣に取り組んでいるのです」

齋藤の言葉には重量級の本物感があった。美玖は何度も頷き、菅野は膝の上で拳を固く握りしめていた。

「さあ、この話はこれぐらいにして楽しく飲みましょう。さっきお話された、緒方さんの小説や玄葉さんの絵画、トッパーズのお二人の近況、そして美玖さんのＢＣＰ事業やサチさんのＩＴ事業の話をもっとたくさん聞かせてくださいよ」

齋藤は上手に話の流れを切り替えた。そのへんの技は百戦錬磨でお手のものだった。若手六人はそれぞれが何かを得て、深く考え始めたようだ。先ほどまでの語り口調とは明らかに違っていた。各自の将来についてポジティブ思考で、明るく熱心に話し始めた。自分たちの居場所が間違えていなかったという、強い自身に満ち溢れている。「琥珀」で過ごす「居酒屋の青春」にスポットライトが浴びせられ、光と希望に満ちた空気が彼らのテーブルを包んだ。

「俺たち、なんか少し、間違ってました」と須山が言った。なにかが彼の心を動かしたのだ。

「俺も少し売れだしたから言うて、阿保の天狗になっとりました。本物の阿保ですね……今頃になって、以前この店で親父さんから言われた言葉を思い出しました。『努力する人は希望を語り、怠ける人は不満を語る』ってね」

菅野も大きな忘れ物に気づいたように、そう言って深くうな垂れた。

「おい、どうした。元気出せよ」と、そこへ各席を回った佐々木が帰ってきた。

彼は菅野の肩を掴んでビールを注いでやった。

「なんだおまえら、深刻な顔して。俺の誕生日だぞ。もっと楽しそうに飲めよ」

佐々木がそう言うと、菅野は目を赤くして腹から声を絞り出して言った。

「おやじさん、すみませんでした。俺は自分ばかりが大変な思いして、一人で大きな世界と闘っている思うて、勘違いしとりました。こんなちっぽけな店に毎晩集まる、うだつの上がらん連中とは違うんや言うて、弱い自分を騙し続けとりました」

「ちっぽけな店の、うだつの上がらん連中で悪かったな。よくそこまで悪く言えるなおまえ、感心するわ。だがまあ、何か気づきがあったならそれでいいじゃないか」

佐々木がそう言うと菅野と須山は何度も頷き、顔を上げることができなかった。

「今夜この場でなにがあったのかは知らんが、これからはときどき店に寄って皆と飲んでいけ。もう一度深いところを語りあって探すんだよ、自分の本当の生き方を。『美しく咲く花を愛でるとき、その根を思え』と、浄土寺の偉いお坊さんが言ってるだろ。華やかな世界に立ったときこそ、その心を忘れてはいけない」

佐々木はそう言うと、また次のテーブルへと移っていった。

「よし、思い立ったが正月じゃ。行くぞ相棒！」と、菅野は決心したように立ち上がった。

「それ言うなら『思い立ったが吉日』でしょうが」

ボケの須山が、役割外のツッコミを入れながら立ち上がった。

「じゃあ皆さん、ありがとう。俺たちにとって実りの多い日でした。この熱い気持ちが冷めんうちに、いまから丈太郎と公園に行ってネタ合わせします」

菅野はそう言うと、三千円を財布から出して玄葉に渡した。それを見て須山も五千円札を出して、玄葉から二千円釣りをもらった。

「あっ、それと美玖さん、ごめんなさい。俺たちほんまに馬鹿で阿保でした。陽介に金もらってあんな真似して。しかもあろうことか、それを漫才のネタにして披露するなど、最低のカス野郎やったと思うてます。心底反省してます。すみませんでした」

菅野が深々と頭を下げて詫びた。須山も横で深く頭を下げた。頭頂部にまで巻かれた白い包帯に黄色い汁が滲み、痛々しかった。美玖はなにも返事をしなかったが、少しだけ口角を上げて軽く頷いた。トッパーズの二人にとってはそれで十分だった。菅野と須山は、背後に感じる美玖の微笑みに見送られ、百倍の勇気をもらって店を出た。明日からのトッパーズは大きく変わっていくだろうと、その場にいる全員がそう思った。

外はいつの間にか霧状の雨が降っていた。街中にスプレーをかけるように。

トッパーズの二人は、公園で頭を濡らしながら深夜までネタ合わせをした。

＊

ふたりが店を出て行った後、齋藤は佐々木が近くにいないのを確認して話し始めた。

「これで良かったかな？　今夜は、禁じ手を使ってしまったけど」

三人の部長に向かって、やや気まずそうに齋藤が尋ねた。

「社長はこの店に来る人たちに、会社の話とかするのを嫌うんですよ」

運輸事業部長の水松誠也はそう言って、若いメンバーたちの顔を見た。

「『ここの問題はここで解決させる。血を吐くほど悩みながらも、一人の人間として皆が裸でぶつかり合っているんだ』というのが社長の口癖で、この『琥珀』に対する考え方です」水松はそう続けた。

「この店で起きている事が、社会や会社の根源であり、縮図だといつも言っています」

不動産事業部長の若菜久人も補足して言った。

齋藤は部長たちに事の良し悪しを尋ねたのだが、彼らはそれには応えず、若い「琥珀組」の四人に向かって、ここに至るまでの状況説明を続けた。

「二週間ほど前に菅野さんが店に来て、佐々木と話したのはご存じですよね」と、今度は松本部長が若者たちに切り出した。

「知っています」玄葉が短く応えた。他の三人も黙って頷く。

「その翌日、社長の顔色がさえないので幹部会議の後、私が事情を訊いたんです。すると社長はこう言いました。『なかなか強情な奴らだ』と。私たちはすぐに察しがつきました。ここのところ、トッパーズの二人が世間を騒がしているじゃないですか。『琥珀』の常連客だったトッパーズに、何か大きな問題が生じているのだろうと、ピンときたんです」

松本はそう言うと、ウイスキーのロックをひと口飲んで口を湿らせた。サチと美玖は、ただじっと聞き入っている。玄葉と緒方は焼酎グラスを手にしたまま、身を乗り出すように聞いていた。

齋藤は刺身を箸で摘まんでいたが、ここが出番とばかりに口を挟んだ。

「そこで私が彼らを誘って、今夜ここに乗り込んだ訳です。彼らは社長に叱られはしないかと嫌がったんだけど、無理やり連れてきました」

齋藤は、やや誇らしげにそう言った。

「『社長の誕生日だから、この日なら大丈夫だよ』って本部長が言うもんで……」と水松が頭を掻きながら言う。

「私はいわゆる『タコの糞で頭に上がっている』状態の菅野に、特効薬を打つにはどうしたらいいか考えました。その結果、佐々木という男の本当の姿を見せたいと思ったんです」

齋藤はそう言って一度首を回した。ポキポキと乾いた音がした。女子大学生バイトのスタッフが、さりげなくテーブルの空の皿をさげていった。ファミコン言葉は使わなかった。

「という事は、今夜わざと俺たちの隣のテーブルに座ったってこと……」と緒方が言いかけると、齋藤が即座に応えた。

「そういうこと」

若者たち四人は顔を見合わせた。だがなにか釈然としない顔でサチが尋ねた。

「隣のテーブルが空くまで待っていたのは分かるけど、なんで私たちが今夜来るって分かったんですか？ましして長い間この店に来なかったトッパーズの二人が今夜来るなんて、分かるはずがないでしょ？」

「そう、君たちが佐々木の誕生日に駆けつけるのは、まあ想像がついたが、それも確実ではなかった。ましてやトッパーズの二人が来るかどうかは、ひとつの賭けだった。彼らにも良心の欠片はあるだろうし、『琥珀組』としてここで育まれた矜持が失われていないであろうことを祈った。佐々木の誕生日の今夜、彼らが店に現れなかったら、もう我々にできる事は何もないと思っていました」齋藤が真剣な眼差しで説明した。

「おやじさんは、今日のことを知っていたのですか？」

玄葉が訊いた。ヤング組の全員が訊きたい質問だった。

「知らない。私たちが来るのも知らなかったし、いまここで我々がどんな話をしたかも分かっていません」

と今度は水松が応えた。

そこで若手一同、「ふーっ」と息を吐いた。事態が息詰まる展開を見せる中、酒の酔いも手伝ってか、酸素を深く吸い込みたかった。彼らが一度深呼吸をすると、その酸素は肺のポンプによって一気に脳細胞まで送り込まれる。脳の報酬系神経伝達物質であるエンドルフィンやドーパミンが分泌されて、若者たちは少し心地よくなった。

「ではもうひとつ訊きます。この作戦の意図は何だったんですか？」と美玖が尋ねた。

ここでようやく、最初に齋藤が各部長に作戦の成果を尋ねた質問に近づいた。

「そう、私が訊きたかったことだ。これで良かったのかどうか」と齋藤が身を乗り出して訊いた。「まあ、いい結果を生み出したのは確かなんだけどな」と付け足すことも忘れずに。三人の事業部長は答えを言うために、腕組みをして目を閉じて考える。若者の四人は考えようとせず、ただ答えを待っている。そこへ客席を回った佐々木が帰ってきて言った。

「結果が良かったんならそれが正解ってことだ」

そう言って佐々木は、先ほどまで菅野のいた場所に腰かけた。

「あれっ、社長ご存じだったんですか？　ここまでの話」

齋藤が飛び上がりそうなほど驚いた。

「あたりまえだろ。おまえらの考えてることぐらい全部お見通しだ」

「さすが。参りました」と緒方が言って佐々木にウイスキー水割りをつくって手渡した。

「よし、じゃあ俺の今日の仕事はここまで。一緒に飲むか」と言って佐々木はエプロンとバンダナを外して、ホールのスタッフに手渡した。佐々木がこの店で客と一緒に飲むことは滅多にない。サチや美玖は勿論だが、緒方や玄葉も佐々木と飲むのは初めてだった。

「あらためて、ハッピーバースデー！」と水松が言って皆が乾杯した。

突然のこの展開を、この場の全員がとても喜んだ。特にヤング組の彼らは、自分たちの周囲にある物語の急展開に驚愕し、夢見心地のような気分に浸った。

「でもなんでおやじさんは、今日の事をそこまで把握できていたんですか？」

玄葉が皆を代表して質問した。食い入るように全員が佐々木の顔を見る。

「だってうちの部長連中がスーツ姿で来たんだぜ。俺が嫌がることを堂々とやりおった。何かあると思って当然だろう。しかも時の人であるトッパーズの二人も来ていて、その隣のテーブルだ」と佐々木は言って、旨そうにウイスキーの水割りを口にした。

「おっ、濃いめでいいねえ。ツーフィンガーで作ってくれたんだな」

佐々木は緒方に微笑んだ。緒方は少し頷いて、左手で後ろ頭を掻いた。

「そのうえ……」と佐々木が言いかけると、

「テーブルを引っ付けて、両グループが合流する展開にまでなった」と、齋藤が言った。

「そう、おかしいだろ。この展開は。『琥珀組』ヤングと高齢者組が意気投合するなんて」

佐々木がそう言うと、美玖が割って入った。

「だけど齋藤さんたちが合流しようと言ったんじゃなくて、私が皆さんを誘ったんです」

「だから？」佐々木が訊いた。

「つまり、齋藤さんたちの『トッパーズを更生させる作戦』の中には、私たちとテーブルを合流させて佐々木さんに関する詳しい話をする予定は、入っていなかったと思います」

美玖がそう言うと、佐々木は何度か首を横に振ってグラスをテーブルに置いた。

「よく思い出してみろよ。最初は、齋藤部長がトッパーズのサインをねだることからコンタクトを始めている。そこまではまだいいとしても、俺が彼らのテーブルに来たときにいきなり『社長、お誕生日おめでとうございます！』だぜ。しかもご法度にしている会社のスーツ姿で襟には社章までつけて。俺が嫌がる事の連発だが、これが何を意味しているかと言えば、隣の『琥珀組ヤング』の興味を引こうという作戦に他ならない。従って美玖よ、おまえが彼らを誘ったのではなくて、こいつらに巧みにおまえが誘われていたんだよ」

佐々木はそう言うと、厨房に向かって右手を挙げた。食器の洗い物をしていた女子大生バイトのスタッフがエプロンで手を拭きながらやってきた。いつもの笑顔が小気味いい。

「お待たせしました。何かお持ちいたしましょうか？」

「この辺の皿を片付けて、レーズンバターと生ハムとサンテミリオンをボトルで頼むよ」

「かしこまりました。失礼します」と言ってそのスタッフは手際よく空いた皿を片付けた。「グラスはいくつお持ちしましょうか？」去り際に思い出したように質問した。

「ああ、人数分だけ、九つ……かな」

「かしこまりました」今回はファミコン言葉が見当たらなかった。

佐々木は注文をし終えると、先ほどの話に付け足すように言った。

「一つ不思議なのは、齋藤たちには、なぜ今夜トッパーズが来ると分かっていたのかだ」

「さっきもサチさんからその質問があったので、『賭けだった』と答えたのですが、須山さんが三日前に退院したこと、そして社長のお話からだと、菅野さんは気まずい思いながらも必ずお店を訪れるだろうと予想したことが理由です。もしこの日に現れなかったら、皆で更生させようとする価値のない相手だったと思うことにしていました」

齋藤が少し自慢げに手の内を明かした。佐々木は人差し指を齋藤に向けて指揮者のタクトのようにひと振りした。「よくわかった」という意味のサインだった。


「ところで、『アンブル・アンタプリズ』ってオシャレな社名はどういう意味ですか？」

サチが唐突に訊いた。

「フランス語で『アンブル』は『琥珀』という意味で、『アンタプリズ』は『会社』を意味する。つまり英語の『アンバー』と『エンタープライズ』に該当する言葉だよ」

佐々木が低い声で丁寧に説明した。会社名への拘りは相当強いようだ。

「なるほど。ここの店名、『琥珀』の由来は会社名にあったんだ」と緒方が言った。

「いや、社名の由来がこの店名『琥珀』にあったというのが正しい」と玄葉が言った。

玄葉はいつも正しいことを正しく言う男だ。効率の悪い生き方をしているが、常に自分の生き方を傍に置いてものごとを考える癖がある。彼の言葉に佐々木は喜んで言った。

「和樹の言うとおりだ。俺の会社が事業展開するすべての礎はこの店にある。この店があればこそ今の俺がいて、今の会社がある。更に言えば、君たち『琥珀組』との邂逅があり、互いにこうして切磋琢磨できるのも、この店のおかげなんだ」

佐々木はテーブルに届いたサンテミリオンのコルク栓の香りを少し確かめると、九つのワイングラスに注ぎ分けた。店の在庫の最後の一本だった。ボトル一本空けても一人が僅か八〇ミリリットルずつとなり、天の配剤のような気分で皆は飲んだ。あいかわらず美味しいワインだった。

11

「この作戦の要諦は、『ちっぽけな世界として見ていたものが、実は大きな存在だった』、というショック療法じみたものであって、俺のスタイルではないな」と佐々木が言った。

「だけどその実像を見せないと、菅野は変われなかったんじゃない」と美玖が言う。

「そうかもしれない。そういう意味では彼ら自身がそこから何を学び、今後どう生きていくかが見ものなんだよな」と緒方が持論を述べた。

「あら、大きく出たね。あなただって、小説家としての夢をつかむまでは遠い道のりよ。しかもまっすぐな道ばかりじゃないからね」とサチがチクリと刺す。

「ザ・ロング・アンド・ワインディング・ロードだな」

緒方が気の抜けた返事をした。

「ビートルズの楽曲名だな。あれはいい曲だった」

佐々木が思い出すように、メロディーを軽く口ずさんだ。

「おやじさんて、なんか幅広に知ってますよね」と玄葉が言う。

「ビートルズは昭和だから、まさに佐々木さん世代じゃない？」

美玖がワイングラスを口に運びながら指摘した。

「いや、そう言うんじゃなくて、なんて言えばいいのかなあ」

玄葉が言葉を探すが、うまく出てこない。

「実業家のわりに文化人な感じ」とサチが言った。

「それっ！　それが言いたかった。何でなんだろう」と玄葉は言って、暫く考えた。

彼の肩に美玖が寄り添って目を閉じた。お好みのサンテミリオンに酔いのとどめを刺されたかのように、うっとりとした表情で顔を赤らめたが、彼女の中でなにか不安を抱えているようにも見えた。

「ではその理由も教えましょうか」

齋藤が嬉しそうに話題に入ってくる。若菜と水松と松本の三人も、穏やかな表情で皆の顔を見た。彼らはいったい今度はなにを種明かしして、ここにいる若者たちを驚かそうとしているのか。若者たちは心躍らせて齋藤の次の言葉を待った。

「おいおい、そんな話までするのか？」と言って佐々木は席を立つ。

どうやらもう自分の話は照れくさくて聞きたくない様子だ。そのうえ、バイトが上がる時間になっても客が減らないので、佐々木は再びバンダナとエプロンをつけて厨房に入っていった。

「おやじさん、さすがだね」とサチがぽつりと言う。皆も黙って頷いた。

その一連の動きを見届けてから、齋藤がゆっくりと話し始めた。

「近頃は、会社での仕事とは別に『知の探究』と呼ばれる活動をする人たちが増えています。たとえば副業だったり、ボランティアであったり、出会いや旅やレジャーや趣味といった領域のものを楽しむ人たちです。最近では一定額の金融資産をつくって早期退職し、金利とバイトで生活をしながら、空いた時間で知の探究を行う『ファイアー』と呼ばれる人たちも一定数いるようです」

齋藤の説明はベテランの社会人らしく、簡潔に世相の一部を捉えていて伝わりやすい。

「実はうちの会社でもそのような動きを推奨しています。社会生活のための勤労と、その礎があってこそ出来る文化活動との接点を見出そうという試みです。『キュルテュール・デュ・アンブル』と呼ばれる『琥珀文化部』を社内に立ち上げました」

齋藤が誇らしそうに言った。

「だから佐々木さんは、文化的な雰囲気があるのかなあ」とサチが小声で呟いた。

「そうです。社長は小説家であり、画家であり、音楽家でもあります」

松本が抑えた声で言った。

「はっ？　なにそれ」と、まず緒方が反応した。

「それってここにいる……我々全員の目標とするところじゃないか」

玄葉が裏返ったような、変な声を出した。

「社長の小説家としてのペンネームは『小迫義人』(こはくよしと)です」と若菜が言った途端、全員が大声を上げ、のけぞるようにして驚いた。

「えええっ、ま、マジっすかーっ?」

小説家を目指す緒方はひっくり返って目を白黒させた。「小迫義人」といえば、彼が最も信奉する作家の一人だ。

「うっそでしょぉ」サチは緒方の腕に絡みつきながら、恐るおそる若菜の顔を見た。

玄葉と美玖はもうこれ以上の事は、今夜は頭に入らないといった表情で……宙を見上げてパタパタと瞬きし、大きな息をついた。

「そんなことって、いや本当に在りなんですか?」サチは興奮が収まらない。

「小説未来」で賞を獲り、あのベストセラー『波涛』や『子午線の漂流』を世に出した、超売れっ子作家の小迫義人が、いつも店にいる佐々木義人だなどと、俄かには信じられない話だ。小迫は覆面作家として知られ、その素性やプロフィールは全く明かされていない。従って、「小説未来」で新人賞を受賞した時もコメントを出すだけで、マスコミ等への露出は一切なかった。その後、彼が出す本は海洋ものを中心に飛ぶように売れ、国内外でも彗星のごとく現れた作家として、その名を轟かせている。

「いつ、どうやって、何を感じて書いているのですか?」

緒方は興奮のあまり、訊きたいことがよく分からないまま若菜に質問をぶつけた。

「そのへんの話もあとで詳しく本人から聞いてください。だがその前にもうひとつここで伝えたいのは、画家としての佐々木です。国内では芸画会会員として活動し、「アンブル」の筆名で描く現代アート作品は、べルリンのビハイムシュトラッセで開いた個展や、世界各地のアートフェアーへの出品も奏功し、海外でもヨーロッパや北米を中心に、多くのコレクターを擁するまでになっています」と今度は松本が説明した。

「えっ、あの『アンブル』がおやじさん……なんですか？」

玄葉はさらに声が裏返って、もう殆ど聞き取れないような声色だった。

「まだあります。音楽活動ではずっとブルースバンドのリードギタリストとして、各地のライブハウスで長年活動を続けています。メジャーではないけど音楽通の間ではそれなりに有名です」今度は水松が説明を始めた。

「だったら滝嶋陽介は気がついていたのでは？」と美玖がすかさず訊いた。

「佐々木は『クロスロード』というバンドのギタリストで、YOSHIの名前で演奏しています。」

「ということは、こちらも顔を出さずに活動していたんですか？」と美玖が訊き返す。

「YOSHIならよく知ってるよ。彼はいつも濃いレイバンのサングラスをかけて、お洒落なキャスケットを目深にかぶって演奏しているから、誰も素顔を見たことがない」

音楽好きの緒方が、呆れたように首を何度も振りながらそう言った。

「ということで、滝嶋君はまったく気が付かなかったんでしょうね」と水松が嬉しそうに言う。

「……」

人は本当に驚いたときには何も言わなくなるものだ。「言葉を失う」とか「息をのむ」とかの言葉が表すように「話すのさえ忘れて」、その驚きのファクターについて深く考えを巡らせる。この場にもしばらく沈黙の時間が流れた。皆はいま得た情報を、いちど頭の中で整理している。それがどれほど驚愕の事実だったとしても、冷静に灰色の脳細胞の中に収めてしまわない事には、次の行動に移れないのだ。

「さて、ここまでの話はご理解いただけたでしょうか?」と、松本が御座なりの言葉で、いったん仕切り直そうとした。

「いや、待って。理解なんてできるはずがない」

緒方は即座に松本を制した。

「こんな話、聞いたことがない。マスコミにでも知れたら日本中が大騒ぎになるぞ」

緒方は興奮気味に言うと、皆を睥睨した。

「いい意味でね」と美玖が笑う。

「でもそれは佐々木にとっては良くない現象です」齋藤が小さく呟いた。

「いま伝えたのは、各分野における佐々木個人の創作活動の世界であり、彼はそれぞれの世界で生きています。どの分野も決して手を抜かず、必死で挑戦し続けています。だから別の世界の実績や肩書は要らないのです。そんなものを翳しても邪魔になるだけだと考えています。そして彼にとって何より大切なのは、すべてにおいて楽しんでやっているという事でしょう」

齋藤の説明は理がかなっており、若手一同は妙に納得した。若者たちは厨房にいる佐々木に目をやった。彼は湯気の向こうで汗をかきながら、懸命に料理を作っている。その姿に嘘や誇張はない。六十五の齢を重ねて、必死で今を生きている男の姿だ。生きている事の底知れぬ深みと醍醐味を見せつける標本のような男は、いま厨房という箱の中で、他には目もくれずひたすら働いている。

「佐々木さん、早く上がって来てくれないかな。いっぱいお話がしたい」

美玖がそう言った直後、その声が聞こえたかのように、佐々木が厨房を出て大股でやってきた。その後ろには小柄な料理長がついてきた。今年で四十七歳になる料理長は学生時代にこの店でバイトをしていたが、大学卒業後はいったん食品メーカーに就職した。

だがそこでの仕事は続かず、再び「琥珀」に戻ってきて働き始めた。彼は学生時代からつき合いのある女性と結婚し、以来二十年近くこの店で料理長として働いている。佐々木は料理長を横に従えると、ホールの小上がり席とカウンター席全部を一望できる場所に立ち、低音のよく通る声で話し始めた。

「レディース・アンド・ジェントルマン。えー、お集りの皆さん。今日は私の誕生日にお越しくださいまして、誠にありがとうございます。私自身、この店を四十年近くやらせて頂いたことで、自分にとって得るものも多く、大変感謝しておりますが……何よりありがたいのは、皆さんとの出会いと長年にわたるお付き合いだったと思っています」

佐々木がこのような形で皆に挨拶するのは初めてで、店内の客は彼の発する言葉の一言一句に耳を傾けた。

「しかし私も寄る年波には勝てず、最近では持病の腰痛もあって情けないことに思うような仕事ぶりが出来なくなりました。そこで私の六十五回目の誕生日である本日、五月十五日をもちまして引退させて頂こうと思います。長年にわたり、ご愛顧いただきましたことを深く御礼申し上げます。本当にありがとうございました」

佐々木はそう言うと、料理長共々深く一礼した。

店内がどよめいた。どのテーブルも皆が顔を見合わせて何か言っている。突然の引退発表に暫くのあいだ、ざわついた空気が収まらない。

「チン、チン、チン、チーン」

佐々木がワイングラスをスプーンで叩いて鐘がわりにし、皆を静かにさせた。外国ではパーティーの途中などで、主役がスピーチをする際によく使う手法だ。

「ご静粛に。ここからが大切なお知らせです。えー、このお店は今後も続けていきます」

再び店内がどよめいた。見ると、どの席の客も安堵の表情で各々に笑顔が見られた。

「私の横にいる料理長の武田泰人が、明日からは『琥珀』の新オーナーとして、この店を切り盛りしていきます。皆さまの暖かいご支援を、今後ともよろしくお願いいたします」

佐々木はそう言うと料理長共々、再び頭を下げた。皆からは拍手が沸き起こった。

「では、新オーナーの泰人からひと言、ご挨拶させて頂きます。私ほどスピーチがうまくありませんが、まあ聞いてやってください」

佐々木がそう言うと客席は笑いに包まれた。武田は少し緊張がほぐれたようだった。

「皆さん、今日は佐々木オーナーの誕生日に集まっていただき、ありがとうございました。いまお話がありましたように、佐々木さんは今夜で引退されます。佐々木さん、長年本当にありがとうございました。そしてお疲れさまでした。感謝しています」

武田はそう言うと、自分の言った言葉に響くものがあったのか、込み上げてくる感じで言葉に詰まった。少しのあいだ固まったままだったが、気を取り直して再び話し始めた。

「私も佐々木オーナーに負けないよう、一生懸命この店を盛り上げていきますので、どうか皆さまのお力をお貸しください。明日からもぜひ、よろしくお願いいたします」

武田の挨拶が終わると、再び満場の拍手が沸き起こった。最後に佐々木が、ひと言つけ加えて言った。

「俺よりうまいこと言うじゃないか。おまえいつのまに『べしゃり』覚えたんだ？　料理はまだまだ覚えきれてないのによ」と言うと、また客席から笑いが巻き起こった。

「しかも『一生懸命この店を盛り上げていきます』だって。すごいことを言うようになったよな。普通は『一生懸命美味しい料理をご提供します』とかじゃねえの？　なんか情緒的で曖昧な言い方しちゃってよ。ま、そのあたりが俺そっくりになっちゃったな、残念！」と佐々木が言うと、また客席が笑いに包まれた。

「泰人も今までの私と同様に、オーナー兼店長としてやっていきますので、皆さんは『武田店長』でも『泰人』でも『やっさん』でもなんでもいいので、呼びやすい名前で呼んでやってください」

佐々木は最後の瞬間まで、武田のフォローアップを忘れなかった。

＊

六月も中旬に入ると、季節は一度停滞する。鬱陶しい梅雨入りの頃は、一日の長さが随分と長く感じられるものだ。青紫のアジサイは満開を迎えるのだが、その花びらはいつも雨露に濡れている。一日も早く梅雨が明け、初夏の爽やかな風を肌に受ける日を人々は待ちわびる。五月十五日の佐々木の誕生日から一か月近くの時間が経っていた。あの日の引退宣言が「琥珀組」にもたらした影響は大きく、琥珀の常連客はあの日のことを「五・一五事件」と呼んだ。そして当日来店できなかった何組もの「琥珀組」の人たちは、その日に行けなかったことを大いに悔んだ。佐々木は武田からその話を聞き、時折店に出向いては、最後の日に会えなかった常連客たちと一緒に飲んで話をした。長年の付き合いをしている何組もの「琥珀組」のメンバーたちは、「おやじさん」と一緒に飲む機会を得て大いに喜んだ。

「美玖がおやじさんに会いたいって言うんです。あの日以来、毎日そう言っています。おやじさんと一度ゆっくり話がしたいみたいで、俺に会うといつもその事ばかり言います。なにか今の仕事で悩みを抱えているのかもしれません。今夜おやじさんが店にいるから、ぜひ出ておいでと先ほどメールしたんだけど、例のＢＣＰ事業の追い込みをかけられているみたいで、どうしても抜けられないみたいでした」と玄葉が困った顔で佐々木に話した。佐々木は週末の金曜日に突然「琥珀」に現れ、玄葉と緒方とサチのテーブルに合流して、一緒に飲み始めていた。

「いいんですか？　俺たちのテーブルで。最後の日に会えなかったグループも他のテーブルにいるんじゃないですか？」と緒方が周囲に気を遣って佐々木に訊いた。

「大丈夫だ、あとでそっちにも顔を出す。それより美玖のこと、気になるな。和樹は詳しい事を何も聞いていないのか？」と佐々木が玄葉に訊いた。

「俺からは何度も事情を訊いたんですが……やはりどうも、任されているものが大きすぎるみたいです。誰かに潰されそうだって言うんですよ。あの快活な美玖が具体的な話になると、今は話したくないと言って口をつぐむんです」玄葉もかなり心配している様子だ。

「深刻な状況だな。俺でいいならいつでも会って話を聞くから言ってくれ」

「ありがとうございます。では早速ですが、来週の土曜日に時間をとって頂けますか？」

「ああ、いいよ」と佐々木は即答したうえで訊いた。「もっと早くなくてもいいのか？」

「そうなんですが、この一週間が大詰め作業になるらしくて、まったく時間がとれないみたいなんです」と玄葉は、困り果てた表情で言う。

「そういう時こそ無理にでも連れ出して、しっかり話を聞くのが大切なんだぞ」

佐々木は忠告したが、玄葉が応えにくそうに俯いたため、それ以上は言わなかった。

「よし。じゃあ来週の土曜日、竹芝桟橋に朝九時に連れて来い。おまえたち二人とゆっくり話ができる場所を準備しておく」佐々木が手帳に控えながら指示した。

「竹芝桟橋って、初めて行くんですけど……」

「竹芝埠頭の南側が渋谷川の河口部と接しているのだが、そこに小型船発着所がある。その一角に、うちの会社が所有する浮桟橋を設置している。俺の船『ファニークルーズ号』はそこに停泊させてある」と佐々木は言った。

「えっ、船旅させてもらえるんですか？」と関係のない緒方が喜んで訊く。

「船旅もだが、竹芝埠頭から船で二時間足らずで着く伊豆大島に俺の別荘がある。美しい大自然の中で、心身を休めてやりながら話をするのが美玖にとっては一番いいだろう」

佐々木はそう言うと、生ビールを飲み干してジョッキをテーブルに力強く置いた。

「いいなあ、私も行きたい」と、すかさずサチが言った。

「俺たちも一緒に行っていいですか？」緒方は身を乗り出した。

「俺は構わんが、美玖や和樹はどうかな」と佐々木は玄葉を見た。

「勿論、いいですよ。美玖もそれを喜ぶと思います」と玄葉は二つ返事だった。

「よし、これで決まった。ではそのとき詳しく話を聞くことにしよう。だがそれまでに、美玖がいくらかでも時間が取れるときがあったら言ってくれ。この店だろうが、喫茶店だろうが、俺はすぐに会って話を聞く。

こういったことは早い方がいいんだ。いいな？」

佐々木は玄葉に念を押すと、財布から二千円を出してテーブルに置いて席を立った。自分の飲んだ分を少し多めに払い、他の「琥珀組」が待つテーブルへと移っていった。

「おやじさん、待っていたよ！　今夜はゆっくり飲みましょう！」

二つ先のテーブルから拍手と歓喜の声があがった。緒方や玄葉はその声を聞くと、自分たちの居場所の正しさが確認できるようで、我がことのように嬉しかった。

12.

その日は朝から雨が降っていた。木曜日の午後二時から、杉並区にある妙願寺斎場で、木梨美玖の葬儀は執り行われた。親族を始め、「琥珀」に集まる仲間たちや、彼女の大学時代の友人や、実家のある荻窪駅南町界隈の人たちが、彼女の突然の訃報に接して、驚きと戸惑いと深い嘆きのなか葬儀に参列した。だが職場の人間は、直属の上司とサチを含む数人の同僚以外は姿を見せなかった。

なにもかもが遅かった。美玖の心の奥にいつしか沈殿していった暗くて重い海砂は、誰の手を介して掻き出そうとしても、既に手の届く場所にはなかった。美玖が抱えた孤独はいつしか出口を見失い、ひたすら彼女の魂に苦患を喚起しながら心身を蝕んでいった。

玄葉が異変に気が付いたのは六月に入る頃だった。美玖が任されたプロジェクトはもうじき完成に近づいていたが、どこか彼女の様子がおかしい。彼女の中で少しずつ狂ってきた歯車が、カタカタと音を立てて軋み始めたのだ。それは心の叫びであり悲鳴でもあった。彼女は佐々木に会って話がしたいと、何度か玄葉に懇願した。勿論、玄葉は佐々木にその旨を伝えて会ってもらうようにしたが、肝心の美玖の都合がつかず遅きに失してしまった。

月曜の朝、いつも通勤で通う荻窪駅で、ホームに入って来た電車に美玖は身を投じた。

それは咄嗟の出来事だったと思われる。自分の意志で行なったことには違いないが、決して心に決めて実行したわけでも、計画的に粛々と行動したわけでもない。彼女の中に積もり積もった黒い海砂が、その重さに耐えかねて突然、袋を破って流れ出たのだ。

周りの人たちにはそのことがなかなか理解できなかった。芯が強くていつも明るい美玖が、たとえどんな理由があろうと何かに屈するなどとは、考え難かった。

佐々木は、玄葉に何度も忠告していた。

「こういう時こそ、急いで会いたい」と急かしたが結局、最後まで美玖が時間をつくれなかった。「もう少し早く会っていれば」という思いは佐々木にも重くのしかかった。

そして誰よりもこのことで煩悶し、身動きひとつとれないほどの苦悩の底に沈んだのは玄葉である。その日以来、自分のアパートに閉じこもり、終日蟄居する日々を過ごした。辛うじて葬儀の日だけは参列したが肌は荒れて蒼白く、頬はこけて眼窩は窪み、目は蝙蝠のように充血して血走り、異様なほどの相貌を湛えて葬儀の場に現れた。

「琥珀組」の者たちはその姿を見て心を痛め、誰もが涙ぐみ、労わるかのように玄葉の肩にそっと手を添えた。冷え切った玄葉の肩に、皆の温かい体温が伝わった。玄葉の乾いた心に僅かだが、生きるための潤いを皆の掌が与えてくれるようだった。

「高瀬係長と私たち友人の数人しか来ていないんだよ。なにか間違っていない？」

サチは部署こそ違うが、美玖と同じ会社に勤める者として激しい憤りを感じていた。

「そうだな、何か変だよね。美玖を追い詰めた会社としては、世間の目を気にしているのかもしれないな」

緒方が険しい表情で言った。

「だったらなおさら、社長がここに来るべきよ。それが無理なら、ＢＣＰの責任者である事業部長は絶対この場にいるべきよね」

告別式に顔を出さない会社の幹部や同僚に対して、サチは憤りが収まらない。

「遺書めいたものもないらしいからな。会社とすればこのまま平穏に、ただ時間が経つのを待っているんじゃないのか？」緒方が不快そうに、状況を推察した。

「悔しいね。『誰かに潰されそうだ』って言ってたんでしょ？　いったい誰なのそれ」

「玄葉が言うには、美玖はそれ以上のことは言ってくれなかったらしい」と緒方が言った。

「会社の上層部か、今回のＢＣＰ事業の対象者であるアートビジネス界の然るべき立場の人間か、いずれかだろう」

聞き覚えのある低い声で、傍にいる男が呟いた。

見ると佐々木が前を向いて席に着いたところだ。その横には齋藤をはじめ四人の部長たちが席に着こうとしている。「アンブル・アンタプリズ社」の幹部が勢ぞろいしていた。

サチと緒方はその光景に身震いする思いだった。黒の喪服に身を包んだ男たちは、頼り甲斐のあるタフな一団だった。彼らはあの日「琥珀」で見せた温和な表情と違い、憤怒で引き締まった厳しい顔つきをしている。このような不安定な気持ちに襲われる中、彼らが美玖の葬儀に駆けつけてくれたことは、曇天に一条の光が差し込んだような思いだった。

「『袖触り合うも多少の縁』っていうじゃない。佐々木さんの会社はさすがにすごいよね」サチは目を潤ませ、言葉に詰まりながらそう言った。

「サチが言いたいことの意味は分かる。『一夜の酒席を共にしただけだが、多少なりとも時間を共有した相手には、それ相応に大切な対応をすべし』と言う意味でその諺を使ったんだろうね。四人の部長、勢ぞろいの図に感動して」と緒方が言った。

「なによその言い方。なにか間違ってた?」とサチが不機嫌そうに言う。

「いや、おまえの言わんとすることは分かるからいいんだが、本来その諺は『多少の縁』ではなく『他生の縁』という文字が用いられ、前世からの因縁を説いている。行きずりの人との出会いや会話は偶然ではなく、前世からの縁があって起こるものとして捉える仏教の教えなんだ。因みに『多生の縁』と説く場合、人は何度も転生を繰り返す思想のもと、『つまずく石も縁の端』という言葉が繋がってくるんだ」

「ふーん、さすが作家さんね。でもどうでもいいよ、その話」とサチが流し目で言う。

「ああ、そう言うと思ったよ。だが、ちゃんと説明しておいたぞ」

緒方は作家としての義務を果たしたかのように小声で言うと、ゆっくりと前を向いた。

サチはそんな事より、佐々木が座りがけに言った言葉の意味が気になっていた。

「佐々木さん、さっき言われたことの意味を教えてください」

サチは緒方の横に座る佐々木に向かって、緒方を押しのけるような姿勢で尋ねた。

「あとからちゃんと話すよ」佐々木は、サチの唇に人差し指をあてがって応えた。

「少しの間は静かにしておけよ」

緒方が佐々木の意図を汲んでサチを咎める。

サチは恨めしそうに緒方を下から睨んで、その可憐な唇を尖らせた。


住職の読経は、スローテンポへと抑揚が少し変わり、次に焼香をあげる時間になった。最前列の親族から焼香を済ませ、参列者に一礼して着席していく。緒方やサチの席よりも一列前に玄葉が座っていた。彼は焼香を済ませて自分の席に着こうとした際、佐々木や斎藤たちの一団に気づいて一瞬驚いた表情をしたが、その場で丁寧にお辞儀をして席に着いた。玄葉は、「琥珀組」の面々から肩に手を添えられたときと同様に、少なからず温和な感情に包まれたようだった。

弔電が読まれ、喪主である美玖の父親の挨拶が行なわれた後、親しい者たちで最後のお別れをする時がやってきた。もうじき棺に蓋がされ、釘が打たれ、美玖はその中に閉じ込められたまま火葬場に運ばれる。そして彼女は焼かれる。

「美玖、どうして？　私たちどうすればいい？」

サチが棺にすがって泣き崩れた。緒方はそっとサチの手をとり、彼女が持つ花束を自分の花と一緒にして棺の中に入れた。親族の一人が玄葉の傍に歩み寄って、彼の肩に手を置いた。そして二人は、美玖の安らかな死に顔を見て嗚咽を漏らした。緒方はその姿を見て、玄葉と美玖は彼らの交際を彼女の家族や親族にしっかりと理解してもらっていたという事を知った。翻って自分たち二人は、まだそのようなことを何もしていないと気づかされた。そんなことを考えるうちに、限られた時間は無情にも過ぎていく。やがて出棺の時間を迎え、美玖の棺は蓋をされ、釘を打たれ、親族の男手によって霊柩車に運び込まれた。その担ぎ手の中に玄葉和樹の姿があった。彼は効率の悪い生き方をするが、いつも正しいことを正しくおこなう。親族の男性陣に混じって彼は誇らしげだった。きっと美玖も空から、何度も頷いてくれているような気がした。

美玖との別れを悲しむ皆の慟哭がそうさせるのか、雨足が一層強くなっていく。

クラクションの長い響きと共に、美玖を乗せた霊柩車は式場を後にした。

玄葉は千駄ヶ谷のアパートにひとりいた。美玖のお気に入りの窓辺に彼女はもういない。

葬儀のあった昨日まで降り続いた雨はやみ、南向きの窓から初夏の風が吹き込んでくる。新緑の香りを運ぶ風が吹くたびレースのカーテンがそよぐのだが、そこにいるはずの美玖が見当たらない。ここにいると、二人で交わした楽しい会話のひとつずつが玄葉の記憶に蘇る。二人で行った銭湯、二人で作った夕食のパスタ、春の陽だまりの中で語り合った自分たちの夢、美味しいワイン、仄かに漂う彼女の香り、幸せの絶頂にいる自分を感じながら、彼は美玖との時間を過ごした。それはいま思い返しても、自分の人生で二度と訪れない、奇跡のような幸福に包まれた時間だった。

なぜ彼女は逝ってしまったのか。突発的な自死であったにせよ、そこまで彼女を追い詰めたものはいったい何だったのか。玄葉は狂おしいまでの悲嘆に沈む中、ぼんやりと脳裏に疑問が浮かんでくる。だが今は、美玖との楽しかった思い出のひとつずつを記憶の中から呼び起こし、彼女の冥福を祈る気持ちで彼の心の中はいっぱいだった。

*

七月最初の週の土曜日に、「琥珀組」の若手メンバーは伊豆大島にある佐々木の別荘に集結することにした。葬儀の日の出棺後、サチと佐々木が立ち話をしてその計画を立てた。サチは、美玖の自死の背景に潜む悪辣なものを白日の下に曝け出したかった。彼女は相手がアート界の大物であろうと自分の会社の幹部であろうと一切関係なく、なぜこうなったのか善悪の物差しを置いて、ここに至るまでの経緯を明らかにしようとした。

サチはどのような権威に対しても秋波を送るような真似はせず、旗幟鮮明な態度を貫く。その姿は美玖とも相通ずるものがあり、佐々木は芯の強い二人の女性を高く評価していた。佐々木は既に独自の調査機関を使って、美玖の手がけたBCP事業の背景と、それに関係する主だった人物について調べを進めていた。そこから炙り出されてきた真実を基にどうリベンジしていくか、彼の社内にタスクフォースを立ち上げてそのチーム内で検討を重ねている。サチはその動きを知り、今後の対応を佐々木に相談するつもりで伊豆大島のミーティングを要請した。そしてそこには「琥珀組」の招集も忘れずに行なったのだ。

梅雨末期の長雨がようやく明け、空の青さが夏の到来を告げようとしていた。都心に位置する竹芝埠頭だが、木々の生い茂る一角では、すでに朝から蝉たちの降りしきるような合唱が始まっていた。埠頭の南側に位置する小型船発着場の並びにある浮桟橋に、佐々木のクルーザー「ファニークルーズ号」は停まっている。

最初に来たのは緒方とサチだった。彼らはゆりかもめを使って竹芝駅に降りると、そこからは歩いて現地まで来た。二人は、潮の香りのする初夏の爽やかな風を満喫しながら、ベンチに腰かけて皆が来るのを待った。

そこへ佐々木のレクサスＩＳ３５０が到着した。夏の陽光を受けた純白の車体からは、蜃気楼のような蒸気が立ち上っている。運転席と助手席の両方の扉が同時に開いて、二人の男が降りてきた。運転席側は佐々木で、助手席側からは玄葉が降りてきた。葬式の日に見せたやつれ切った姿ではなく、血色の良い健康そうな青年の姿だった。緒方とサチはそれを見て安堵の表情を浮かべ、緒方が佐々木に声をかけた。

「おはようございます。おやじさんが和樹を乗せてきてくれたんですね」

「こうして連れてこないと、こいつ、いつまでも引きこもってしまうからな」

佐々木が苦笑まじりに応えた。緒方とサチは嬉しそうに玄葉と握手を交わす。

互いに言葉は発しなかったが、玄葉もこぼれるような笑顔を見せた。頭上で揺れる木々の枝から木漏れ日が差し、玄葉の笑顔の上で木の葉の影がゆらゆらと揺れた。

「これで全員そろったのか」と佐々木が訊く。

「まだいるよ」

サチはそう応えると、細い顎をしゃくって佐々木に後方を見るよう促した。

佐々木と玄葉が後ろを振り返ると、そこにはトッパーズの二人が立っている。

「おはようございます。今日はよろしくお願いします」

菅野が照れくさそうに言うと、須山も一礼をした。

「こいつらも参加でいいんだな?」

佐々木が玄葉に訊いた。

「勿論です。美玖のことを皆が思ってくれて嬉しいです」と玄葉は素直に応えた。

「ありがとう和樹、感謝するよ。それと俺たち、最初におやじさんに報告しておくことがあります」

菅野が真剣な顔で佐々木を見た。

「なんだ?　難しい顔をして」

「滝嶋陽介が昨日、逮捕されました。指紋が出なかったばかりに二カ月もの時間を要したようです」

「そうか。彼にとっても、逮捕されて良かったんだよ。須山を傷つけた罪は大きい。陽介が抱えた負の一面はどこかで清算され、彼の魂に気づきが得られないといけないんだ」

「俺たちもそう思っています」

被害者である須山が深く頷いてそう言った。須山は滝嶋に対する憎悪や復讐心よりも、滝嶋が自らの過ちに気づくことを、第一に願っているようだ。

「おまえらも成長しているようだな」

佐々木はそう言うと、踵を返して桟橋へと歩を進めた。


六月半ばの土曜日に美玖を連れて行くはずだった伊豆大島は、二週間遅れで「美玖の弔い合戦」ミーティングの場へと、その目的を大きく変えた。

皆が二八フィートのクルーザー「ファニークルーズ号」に乗り込むと、菅野が桟橋に繋いだ二本のロープを解いて、船体後部を岸から沖へ離すように押しながら飛び乗った。

後進により離岸する場合、このように船体後部を岸から離してやることで、船尾部分が開き、船外機が桟橋にぶつかったり擦ったりするのを防ぐことができる。菅野は船免許を持っていないが知人が漁船を所有しており、釣り好きの彼が十代の頃よく乗せてもらった経験から、離着岸の手伝いをするのはお手のものだった。

船長の佐々木は船をゆっくりと回転させて舳先を沖合に向けると、スロットルレバーを前方へ倒し、一気に三五〇〇回転までエンジンの回転数を上げた。速度は一五ノットほどだが、皆は体が後ろに引っ張られるような慣性を受けた後、心地よい風を全身に感じながらエンジンが奏でるストロークに身を任せた。湾内では徐行運転が求められるので、佐々木はそれ以上のスピードは出さなかった。

「おやじさん、船長もやるんだね」と後部デッキから玄葉が微笑んで言った。

「俺のは一級免許だ。二級だと海岸から五海里以上離れた海域には行けないんでね」

佐々木はそう応えると湾外に出たのか、更に回転数を上げて二〇ノットにまで加速させた。エンジン音が唸りをあげて、屋外では話す声が聞き取りにくい。緒方とサチは佐々木が運転するキャビン内に入り、静かな船内で景色を楽しみながら再び会話を始めた。

操船する佐々木は前方から視線を外さないまま、足元にあるクーラーボックスを軽く蹴って動かした。

「その中にビールが冷やしてある。勝手に飲んでくれ」

「いただきます」と緒方は言うと、サチにも一本渡し、すぐさま「プシュッ」と音を立てて蓋を開けた。後部デッキにいる玄葉にも投げて渡してやる。

「玄葉さん、嬉しそうな顔してたね」

キャビンのソファーに腰かけたサチが言った。

「おう、やっぱり連れ出して良かったな」

舵をとりながら佐々木が応える。

「こういう自然に触れるのが、人間にとっては大切なんだよな」

緒方が後部デッキにいる玄葉の顔を見ながら言った。そのとき緒方は、ふとトッパーズの二人の姿が見当たらないのに気付いて辺りを見回した。

「あそこにいるよ」と佐々木が、キャビン内の突先方向を顎で指した。船の舳先から運転席までの船首部分の最下部が、マット敷きの寝室になっている。二人はそこに寝そべってネタ合わせをしていた。

「おまえら熱心なもんじゃのお」

緒方は久しぶりに、岡山弁もどきのごもく語で言う。

「当然じゃ。ワシら、もっかい勝負すんじゃ！」と菅野の鼻息が荒い。

トッパーズはＮＨＫ襲撃事件を機に人気が急落した。お笑い芸人が私怨による暴行事件に巻き込まれてしまったのは、ある意味で致命的な出来事だった。須山の頭は、いまでこそ小さなガーゼにパッドを貼った状態だが、事件当初は頭部にぐるぐると包帯が巻かれ、額には大きな瘤が出来ていて、テレビや新聞の写真で見ると実際以上の大けがに映った。

トッパーズの出演する番組を制作するテレビ局の説明では、須山のけがの回復を待つと言いながらも、その番組は代わりの若手芸人たちで埋め尽くされた。そして皮肉なことに代わりの芸人たちの方が、面白くてウケがいいのだ。果たして彼らの戻る席があるのだろうか……。

「『災い転じて福となす』『転んでもただでは起きない』『雨降って地固まる』『七転び八起き』……言ってみれば、そんな心境やな」と須山が溜息まじりに言った。

「おまえの場合は『災い転じて大災害』『転んだらただでも起きる』『雨降ると〝痔〟固まる』『七転八倒』って、とこじゃろ」と菅野が突っ込んだ。

「おい、それネタにしろ。いつもの漫才よりよっぽど面白いわ」

佐々木がそう言うと、緒方とサチは大笑いした。「琥珀組」はいつも実に貴重で軽薄で、意義深くて無意味な時間を楽しんでいる。二時間足らずの船旅はあっという間に終わり、伊豆大島の湾内に船は入っていった。佐々木はエンジンの回転数を二五〇〇回転まで落とし、速度も八ノットほどで徐行した。四ストローク、二〇〇馬力の船外機は急に静かなエンジン音に変わり、浮き上がっていた舳先はグッと沈み込み、船は水面と平行の姿勢をとり戻した。それと同時に船員役の菅野はショックを吸収するフェンダーを数個、船外に投げた。佐々木はスロットルレバーを前進と中立に交互に入れ替えながらさらに速度を落とし、桟橋の左側から四五度の角度でゆっくりと船を近づける。車と違って、船にはブレーキもサイドブレーキも付いていない。止めるときは、水上を慣性モーメントのみでゆっくり滑らせて、最後は後進レバーを入れて反作用の力で船を止める。そのとき同時に、ハンドルを回転させて四五度の進入角度を一気に戻し、桟橋に平行に接岸させる。そのときの波が強いと、更に操縦が困難になる。飛行機の離着陸が難しいのと同じく、船も離着岸にはそれなりの技術が必要となるのである。

船が桟橋の左側に接岸すると同時に、菅野は飛び降りてロープを桟橋のクリートに結びつけた。佐々木はエンジンを止めて、船体後部の船外機をチルトアップさせる。

「さあ到着した。皆、自分の荷物を忘れるなよ」

佐々木はそう言うと、ハッチを開けてバッテリーを切り、船を降りて菅野が桟橋に結んだ「クリート結び」を自分でもチェックした。何かあったら全て船長の責任だ。佐々木は最後まで自分で確認することを怠らない。

＊

波浮港にある桟橋の、すぐ隣にある空き地のような駐車場に佐々木のワゴンエースが停めてある。皆はそれぞれの荷物を持って車に乗り込んだ。ここから海岸線に沿って西に車を走らせると、トウシキキャンプ場から先は只ひたすら海と砂浜だけの風景が続いている。その名も「砂の浜」と呼ばれるゾーンをしばらく走ると、島の南西の突端である千波崎を通過して「王の浜」というエリアに入っていく。

佐々木の別荘は、そのエリアの海岸沿いの小高い丘の上にあった。とりわけ大きな邸宅などではないが、青い屋根と白い壁が風景にマッチし、お洒落で綺麗な建物だった。


「荷物を持ち込んだら、皆が好きな部屋を選べ。ゲストルームは二階に三つある。どれもオーシャンビューで海が見えるから喧嘩すんなよ」

佐々木はそう言うと、一階の自室に荷物を入れ、リビングでコーヒーを沸かした。その後、ソファーに深々と腰をおろすと、リビングの掃き出し窓から見える海岸線を眺めた。

上でドタドタと大きな音がして、その直後に「ああっ、それずるーい！」という女性の甲高い声が聞こえてくる。多くの若者たちの笑い声がその後に続く。佐々木は連れてきた皆が喜んでいる姿を想像し、自分も嬉しかった。だが本来ならもう一人の、若くて快活な女性の喜ぶ声も聞けたはずだった。それを思うと、どうしようもない空しさと寂寞感で胸が締め付けられた。

「佐々木さん、聞いてくださいよ。あの人たちずるいんですよ！」とサチが元気な声で二階から下りてきた。どうやら部屋割りの方法に不満を抱いているようだ。

「ジャンケンの出し方が、トッパーズの二人は後だしするんですよ」

サチと同室の緒方が、苦笑しながらその後をついてきた。

「どうでもいいから、まあ座れ」

佐々木はあまり聞こうとしない。

「最初に大事な話をしておくから、皆が揃ったら言ってくれ」

佐々木はそう言うとコーヒーカップを手にして、いったん自室に戻っていった。

全員がリビングに集まった時点で、緒方は佐々木の部屋をノックした。

「おやじさん、全員そろいました」

「おう、すぐ行く」

佐々木は自室のデスクで、持参した資料をもとにパソコンを操作しながら今後の計画を立てていた。再度その資料に目を通すと、納得した表情で一度軽く頷いて、部屋を出た。

リビングには五名の「琥珀組」の若者たちが集結していた。二〇畳程の広めのリビングが狭く感じられた。

彼らは三人掛けのソファーや、キッチンから運んできた木製の椅子に腰かけ、佐々木用には、最も座り心地の良さそうなリクライニングチェアーを残していた。

佐々木はそこに座ると、これまで得た情報と今からの行動計画について話し始めた。

「俺たちの仲間の美玖が亡くなった。我々は突然の悲しい出来事に接し、喪に服しながら悲嘆に暮れる日々を過ごしてきた。だがそろそろ立ち上がろう。美玖は自死という形で自らの命を絶ったが、その背景にあったのはいったい何だったのか。引き金を引いたのは本人だが、そこまで彼女を追い詰めて、実弾入りの銃を渡したのは誰だったのか」

佐々木はそう言うと、日差しの強い窓外の海岸線に目をやった。

「こんなに美しい世界があるというのに、あの若さでこの世を去らなければならない理由なんて、世界中探してもありはしない。なにかが彼女の思考を狂わせた。邪悪な何者かが彼女の心に纏わりついたから、この不幸な出来事が起きたんだ」

サチと玄葉は目頭を熱くした。佐々木は彼らを一瞥すると、さらに続けた。

「うちの会社で独自に調査して分かってきたのは、美玖の勤めていたIT企業『コア・マテリアル社』が、アートビジネスに関するBCP活動を企画提案する中で、事業継続計画を実践していく目的で設けられた『策定支援助成金』を多数申請し、そこで得た巨額の金を『未来アート機構』という器を通して一部のアートビジネス界の大物たちと、不正に分け合っていたということだ」

波の音が微かに聞こえてくる。トッパーズの二人は、涙ぐむサチと玄葉の顔を横目で見ながら話を聞いていた。緒方は彼らには目もくれず、身を乗り出して話を聞いた。

「美玖はその最前線を任される立場だったのだ。彼女の秀でた能力で企画提案は順調に進み、国の機関も何の問題もなく、巨額の資金を助成金という形で給付した。しかし実際の所、そこに実態はなく、『絵に描いた餅』とはこのことだった。『コア・マテリアル社』の木戸社長と江本事業部長が陰で糸を引き、アートビジネス界の大物ギャラリストたちと結託した仕業だ」

玄葉は膝に置いた拳を強く握りしめ、小刻みに身震いした。この時点で彼はなにかを確かめたかったようで口を開きかけた途端、佐々木が制した。

「質問は後で聞く」

そう言うと佐々木は話を続けた。

「当然、美玖は舞台裏の悪行を知らずに動いていたのだが、途中から辻褄の合わない点が多く出始めた。不審に思った美玖は、江本部長に相談した」

サチは獲物を見つけたときの動物のような、鋭い眼光で佐々木を見た。

「だが、江本の反応は非常に悪かった。彼は上手に話をかわそうとしたが、美玖の目は誤魔化せず、彼女に不正がらみの事業計画を見破られてしまう。そこで美玖が次にとった行動は、木戸社長に直接会って事業計画の即時中止を訴えることだった」

佐々木の言葉に、玄葉は何度か首を横に振って会社に対する嫌悪感を示した。

「木戸がどう言ったのかは分からないが、結果は見えていた。美玖は何の進展も見られない会社に見切りをつけ、このプロジェクトの主体となる「未来アート機構」を訪れる。そこで大物ギャラリスト数名と会って、この不可解な事業計画の実態説明を求めた」

佐々木がそう説明すると、玄葉は大きく溜息をついて絶望の仕草をする。

「そう。いま和樹が感じたとおり、ここでも御座なりの話しか聞けなかった。それはそうだろう、奴らも結託して悪事に手を染めているわけだから。一蓮托生とはこのことだ。美玖のこのような動きが邪魔になった木戸は江本に指示して、美玖を精神的に追い詰める。彼女が昔付き合っていた相手が、『トッパーズ殴打事件』容疑者の滝嶋だという事をSNSで公開し、当該事件の黒幕は彼女だったという、でたらめな噂をネット上に仕掛けたようだ。美玖の実名と写真入りでな」

佐々木の怒気に満ちた説明が終わると、皆は怒りのあまり涙ぐんでいた。

「許せん、絶対に許しません、こいつら！」

玄葉が涙目で訴えた。なぜ美玖はここまでの事をされなければならないのか。どうして美玖は自分に相談してくれなかったのか。彼の混乱した頭の中で強烈な疑問が錯綜する。

「勿論、許すわけにはいかない」

佐々木はそう言うと、㊙と押印した資料を皆に配った。

「この資料は『コア・マテリアル社』と『未来アート機構』の悪行の全貌を暴いたものだ。関わった人物名と国から不正に入手した金額、そしてそれらの分配金の行方まで詳細に調べ上げている。銀行振り込みでは証拠が残るので、現金を含めて様々な方法で金が動いているのが分かるだろう」

全員が沈黙の中でしばらく資料に目を通した。何人かが「ふーっ」とため息を漏らす。皆のあずかり知らぬところで、これほど精緻に注意深く「悪の契約」が結ばれ、実行されていたのだ。重苦しい空気が室内を包んだ。

「さあ、何でも訊いてくれ。質問タイムだ」

佐々木が重い沈黙を破って皆に問うた。

先ほどから、質問したくてうずうずしていた玄葉が尋ねた。

「ここまでの事が分かっていながら、なぜ美玖は死を選んだのでしょうか？　相手が会社であろうと機構であろうと、その気でかかれば法的に裁けたんじゃないですか？」

「まず言えるのは、美玖はここまでの証拠は掴んでいなかったということ。次に言えるのは、美玖が会社を叩くことで、多くの同僚や仲間たちがその余波を受けるということ。美玖はその板挟みで苦しんだに違いない」

佐々木が落ち着いた口調で応えた。

「なるほど。では訊きますがこれほどまでの資料を、佐々木さんの会社単独で調べ上げることが出来たんですか？　しかもこの短い時間の中で」

サチが訝しそうな顔で訊いた。

「いい質問だ。さすがサチだな」

佐々木はそう言うと、あらためて全員を見回した。

「いいか、皆よく聞け。君たちの手もとにある資料には、金を受け取った者の名前が記され、更にはその金額まで詳細に記述されている。隠れた金の流れをここまで如実に把握するなど、民間企業の調査部あたりが出来る仕事ではない」

佐々木はそう言ってサチの顔を見た。

「そこでネットワークを使った。俺が個人的に信頼する、力のある人物が在野にいる。彼はまだ若いが志高く才能豊かだ。学生時代の仲間たちと政治研究会を発足したのが始まりで、いまでは政府の内閣官房とも繋がる安全保障のプロ集団を率いている。その名を『志士の会』と言い、政界の汚職を暴くなど、あらゆる分野の不正を正そうと『正義の旗印』の下、日夜活動している」

サチの顔色が変わった。佐々木はそれに気が付いたが話を続けた。

「俺の知り合いはそのリーダー工藤淳一郎だ。彼とは十数年来のつきあいで、うちの不動産事業部は彼らの活動に賛同し、これまでに何度も協力体制を敷いてきた」

緒方と玄葉がゴクリと唾を飲む。トッパーズの二人は、互いに顔を見合わせて何回も瞬きした。彼らは、この小説か映画もどきの話に興奮した様子を隠せない。

「そしてその『志士の会』中核メンバーの一人が、国際弁護士の資格を持ち、幅広い人脈を有する柳瀬拓海で、サチの従弟にあたる男だ」

佐々木がそう言った途端、全員がどよめいた。

「おおっ」という声を何人かが発した。サチは佐々木の顔を凝視している。

「世間は狭いな。今回はそのような事情から、工藤は柳瀬拓海に諜報活動を任せたようだ。『アンブル・アンタプリズ』の調査部が『志士の会』に情報収集を依頼し、それを受けて拓海が動いたことで、皆が手にしている調査報告書が作成され、先日私のもとに届いた」

佐々木はそこまでの説明をし終えると、サチに向かって言った。

「これで質問の答えになったかな?」

「ええ、よくわかりました」とサチは淡白に応えた。周りの者たちはサチが誇らしく感じたのか、不快に思っているのか——彼女の落ち着いた態度からはその心境を測りかねた。

「他には?」と佐々木が訊いたが、皆は訊きたいことを考えるというより、ただ茫然と彼の話を聞くのみだった。美玖の死の背景にある巨悪の存在を知ったことで、彼らの心中に憤怒と絶望によるカオスが生じ、錆びついた機械のように思考が停止してしまったようだ。

「質問が無いようなら、今後の対応について説明する。先ず『コア・マテリアル社』に対しては、この証拠資料を基に告訴する。罪状は多額の補助金詐欺と社員に対する違法行為の強要と迷惑行為、名誉棄損、及びパワーハラスメントだ。違法行為を無理強いされて自死に至った美玖のご遺族が、その被害者として告訴状を出す予定だ。ご遺族のフォローアップには、彼らとパイプの太い玄葉をつける。しっかり頼んだぞ」

佐々木がそう言うと玄葉は深く頷き、右拳で自らの胸を叩いた。

「法律等のフォローアップは『アンブル・アンタプリズ社』の社内法務部と顧問弁護士が行なう。更に数多くの証拠物件のバックアップを、『志士の会』の法務担当である柳瀬拓海にやってもらう。彼は国際弁護士として、大企業や政治家の巨悪に対する弾劾を数多く実践してきた男だ。その拓海と『琥珀組』との情報交換及び連携は、従妹のサチに託す」

佐々木がそう言うと、サチが軽く頷いて質問した。

「『コア・マテリアル社』は今後どうなるの？」

美玖が行動を起こせなかった理由の一つは、会社がなくなれば多くの仲間たちが路頭に迷うことを危惧したからだ。サチも同じことを心配した。

「うちが買収する」と佐々木が応えた。紋切り型の言葉に一同はどよめいた。

「『アンブル・アンタプリズ』が『コア・マテリアル』に対して敵対的ＴＯＢ（公開買付け）を仕掛けるということだ。相手の経営権を支配できる議決権を取得するため、総株主の議決権の過半数の取得を目指す。そうすることで我々は、『コア・マテリアル社』取締役会の同意を得ずして買収を仕掛ける事ができる。もし彼らがそれを阻止しようとして、経営陣の株式買収による非公開化（ＭＢＯ）を目論んでも、今の彼らの財力では難しいだろう。あとは関係する銀行がそこに参加できないように、『コア・マテリアル社』の価値を貶めておく必要があると考えている。それは第三者割当増資に対しても有効だ」

佐々木は淡々と説明し、さらに続けた。

「したがってこの動きをとる前段で、マスコミ誘導も幅広に行う予定だ。新聞も政治経済欄だけでなくスポーツ新聞の芸能欄なども駆使して、世間の耳目を集めて世論を味方につけ、奴らの価値を貶める。その辺の作業をトッパーズの二人と緒方に任せようと思う」

トッパーズの菅野と須山そして緒方は、自分たちにも得意分野での役割を与えてもらったことを喜び、嬉しそうに何度も頷いた。

「なんだか本当にやれそうだね。俺、ワクワクしてきたよ」玄葉の目が輝いた。

「俺もこのチームに参加させてもらえて嬉しいよ」菅野はそう言って目を細めた。

「これで社員は、安心して仕事を続けられるってわけね」

同僚を思うサチが安堵の表情を浮かべる。

「そうだ。社長の木戸賢二と部長の江本修のいなくなった会社でな。我々は、買収後に会社を解散させてしまう投資目的のフィナンシャル・バイヤーとは違い、新たな指導者を送りこんで経営指導を行なう。うちの会社にとっても、ＩＴ事業という先端分野を付加できるメリットがある。このようにシナジー効果を狙う会社をストラテジック・バイヤーというんだ」

佐々木が仕掛ける大技に、皆は鳥肌が立つような思いがした。

時刻は午後二時をまわっていた。誰かのお腹が「グルグルキュー」と鳴って、とっくに昼時を過ぎていると警鐘を鳴らした。「ぷっ……」とサチが吹き出す。

「そろそろ昼にしようか」

佐々木の言葉に皆が頷いた。

「もうひとつだけいいですか？」と慌てて玄葉が訊く。

「どうぞ」

スーパーのレジ袋から惣菜やおにぎりを出しながら佐々木が応えた。

「不正な金を受け取ったもう一つの団体、『未来アート機構』についてはどう対処するんですか？」

「おまえに任せる」

「はっ？　どういうこと？」

玄葉が戸惑った表情で訊いた。

「和樹、おまえの仕事はなんだ？」

「キュレーターとかギャラリストの……見習い中です」

「画家でもあるだろ」

「いやー、まだそこまでは」

「いずれにしても、おまえが生きる世界を荒らされたわけだろ？　『未来アート機構』と数名の著名なギャラリー経営者、つまりギャラリストたちに」

佐々木の目は鋭かった。玄葉は思わず身じろぎした。

「俺も手を貸すよ」

佐々木は静かな口調で言った。

「えっ?」と玄葉が訊き返す。

「俺も画家の端くれだ。高潔なる仕事の場を荒らされたという意味では、俺もおまえと一緒の立場だ」

「あっ……じゃ、お願いします」

玄葉は急に明るい表情をみせた。

「『コア・マテリアル社』の補助金詐欺の捜査から『未来アート機構』も当然捜査線上に浮かび、関係した者たちは全員が芋づる式に挙げられるはずだ。だから俺たちの仕事は、その焼け野原の跡を綺麗に整地する事なんだよ」と佐々木は加えて言った。

皆はその話を聞きながら、手もとの資料で二名のギャラリストが不正に入手した金額のリストを見ていた。とてつもなく大きな額だった。

「これってすごい額じゃん。いったい何なんだ、このリスト」

須山が腹立たしそうに言った。

「ギャラリストの〝ギャラのリスト〟だよ」と菅野が応えた。

「こんなときにうまくまとめんなよ」と須山がツッコミを入れる。

こんなときにも、二人は皆を笑わせることを忘れなかった。

13

東京の夏は世界で一番暑いに違いない。摂氏何度とかいった数字上の問題ではなく、体感温度での話だ。それにはそれなりの理由があるのだろう。よく言われる「ヒートアイランド現象」についても、きっと関係しているはずだ。そんな事が緒方の頭をふと過ぎった。だがいまはこの茹だるような暑さの中、そんなことに考えを巡らしているような暇はない。マスコミへの情報提供を託された緒方は、自分の勤める出版社と関係のある大手出版社「週刊春秋社」の編集部にアポを取り、山手線で新宿へと向かった。

新宿駅東口に降り立つと、いきなり「むんっ」とした空気に包まれる。東京独特の、蒸気を帯びた重い気体が体にのしかかってくる。シュークリームの甘い香りや、ラーメン店から漂う豚骨の匂い、焼き肉屋の店先に置かれた生ごみの刺激臭などが、足早に進む緒方の身に次々と纏わりついてきた。演劇のポスターやキャバクラ嬢の募集チラシ、居酒屋の〝飲み放題ポップ〟や自衛官の募集ポスターなどといった街のお決まりの風景が、緒方の視野に無遠慮に飛び込んでくる。どこからともなく聞こえてくるスマホ広告のキャッチフレーズや、ネットカフェの料金案内の音声、青信号を知らせる報知音や、タクシーのクラクションなど、五感に届くものすべてがメガポリス東京の夏の風物だ。

緒方は靖国通りを少し歩いたところにある「週刊春秋社」本社ビルの前に立った。頭の中ではずっと今日の話の内容を考えながら来たせいか、いつの間にか目的地に着いた感がある。緒方はハンカチで顔と首筋の汗を拭うと、軽く深呼吸をしてビルの中へと入った。冷房の効いた一階のロビーを奥まで進み、突き当りにあるエレベーターに乗ると、三階のボタンを押して再び深呼吸をする。三階でエレベーターを降り、廊下を進むと左側に編集部の部屋があった。緒方が三回ノックして部屋に入ると、そこには編集部らしい活気に満ちた光景が広がっていた。天井から何かのコードが何本も垂れ下がり、そこに紙切れのメモがクリップで吊るされている。壁には、雑誌やイベントのポスターが所狭しと貼られ、社員のデスクの上はどこを見ても、宣材物や雑誌で埋め尽くされている。

「昭和研究会」メンバーの緒方は、もし昭和時代だったら灰皿が各自のデスクに置かれ、煙草の煙が部屋中に充満し、腕まくりした男たちがペンを耳に挟んで大声で討論し、部屋中に怒号が飛び交っているのだろう、などと想像を巡らせた。

「『銀河出版社』の緒方と申しますが、編集部キャップの竹中さんをお願いできますか?」

緒方はカウンター越しに、若い男性社員に声をかけた。

「十四時でアポは取っています」

怪訝そうに相手を見るその男性に、畳みかけるように緒方は伝える。

「少しお待ちください」

男性社員は部屋の奥の方へと向かった。

「どうぞ、こちらへ」

暫くして五十代くらいの細身の男が現れた。彼は、アポをとった相手の竹中ではなかった。やや薄くなった頭髪をオールバックにし、耳下の生え下がりから顎にかけて不精髭を生やしたその男は、この部屋を仕切る者としてのオーラを感じさせた。

「『銀河出版』さんは、教育図書をやっておられるはずですが……」

名刺交換すると、直後にその男は首を傾げながらそう言った。貰った名刺を見ると、「週刊春秋」の編集長で大水弥太郎と記されている。

「はい。以前、私どもの教育関係の企画を御社で扱っていただいたことがあり、竹中キャップにはその節は大変お世話になりました」

緒方は、最初にお礼を言うことを忘れなかった。

「いやいや、それはお互い様。こちらこそ、そのときは助かりました」

大水という男は編集部にありがちな偏屈さがなく、親しみやすい印象を与えた。

「今日のお話の概要を竹中から聞きました。非常に大きなネタなので、私が直にお話を聞きます。緒方さんの知っていることすべてをお聞かせください」

「週刊春秋」の圧倒的な影響力の大きさに加え、この編集長の親しみやすさが緒方には頼もしかった。出版業界に生きる者の直感がそう思わせる。緒方は、マスコミ対応の重責を自分に任せた佐々木の慧眼ぶりを、ここで改めて認識させられた。

「では私が知る限りのことを、すべてお話しします」

緒方はそう言うと手もとの資料を大水に渡し、事件の詳細を話し始めた。

*

菅野は水道橋駅で電車を降りると、飯田橋方向へと歩いた。過去、トッパーズの記事をよく扱ってきたスポーツ紙「関東スポーツ」の芸能担当記者と連絡を取り合っていたからだ。身も溶けるような暑さの中、菅野が関東スポーツ社の入る「神田第三ビル」に到着したのは、午前十一時を少し回った頃だ。

建物に入ると、一階のロビーで芸能担当記者の横溝が出迎えた。以前、トッパーズ関連の記事をシリーズにして人気を博したベテラン記者で、菅野とは縁が深かった。

「暑かったでしょう。今日は遠方からご苦労様」

横溝は菅野を見ると笑顔で出迎え、壁にあるエレベーターのボタンを押した。

「大変な事態だね。芸能欄に限らず、うちの一面を飾るかもしれないよ」

横溝はエレベーターに乗るなり、菅野に小声で話しかけた。興奮のあまりか、やや声が震えている。

「ああ、そのへんのことは横さんに任せる。関スポとしての方針もあるやろうからな」

「菅ちゃん、情報ソースは確かなんだろうね？」

「俺が保証する」

菅野はクリアファイルから㊙マークの付いた資料を出して、手に翳した。そこには「志士の会」と「アンブル・アンタプリズ法務部」の連名が刻まれていた。

「……驚いた。この話の出どころはそこなのか？」

「ああ」

旧式のエレベーターが編集部のある五階に着くまでの間、暫く沈黙の時間が流れた。

「暑い中、わざわざ来ていただき、ありがとうございます」

編集部の奥のデスクから、小太りの中年男性が出てきた。

「高田と申します。トッパーズのお二人の漫才はいつも楽しく見させてもらっています」

男が差し出した名刺を見ると編集部キャップとなっている。菅野は名刺を持っていないことをひとこと詫びて、簡易応接のソファーに座った。

「横溝から、あらかたの話は聞きました。正直、驚きました。これほどのネタをうちで預からせてもらっていいのですか?」

「どういう意味ですか?」

その話をしに来たのに、質問の意味が分からない。菅野はやや不機嫌そうに訊き返した。

「あっ、言い方が悪くてすみません。この度のお話は、世の中を騒がす一大疑獄事件に発展してもおかしくないと思っています。それほどのネタを、我々のようなスポーツ紙に委ねてもらえるのが、不思議に思えたもので」

「週刊春秋さんにも、仲間が行っとります」

「春秋さんね……あそこは週刊誌としたら、最強の訴求力を持っていますから。お仲間が行かれたのは当然でしょう。だが彼らがいくら急いでもネット配信は別として、週刊誌として発行されるのは一週間後です。うちは裏さえ取れれば、明日にでも記事に出せる。この違いは大きいですね」

「高田さん、あなたは先ほど一大疑獄事件に発展すると言われた。疑獄事件とは、罪跡や証拠がなくて裁判の判決が出しにくいものを指す場合と、政治問題化するような大規模な贈収賄事件の場合と、ふた通りの意味を持つと思うんやけど、あなたはどちらのことを言わはったんですか?」

菅野の切りくち鋭い質問に、高田は息を呑んだ。

トッパーズの漫才でしか知らなかったこの男の、深みのある知性に驚かされた。

「勿論、後者の方です。ただ……」

高田は言いにくそうな顔で、傍にいる横溝を見た。

「キャップ、心配いりません。ネタ元と証拠関係については私が保証します」

横溝が自信を持って即答した。エレベーターの中で菅野が横溝に言ったセリフだ。

菅野はクリアファイルから証拠資料となる数枚のレポートを出して、静かに机の上に置いた。高田の目が書類にくぎ付けになった。ここでも沈黙の時間が流れた。高田の目は血走り、無言のままレポートを手にしてその詳細を読み耽った。資料を持つ手が震えている。いつの間にか室内の騒音が聴こえなくなり、ゴクリと唾をのむ音が聞こえた。

「驚きました。完璧です。調査内容もさることながら、調査機関の豪華な顔ぶれにも感嘆の吐息が出ます。政界との適正な距離を保ちつつも、監視の目を光らす『志士の会』本部と、経済界の雄『アンブル・アンタプリズ社』の社内法務部、及びその顧問弁護士団がタッグを組んで動いているなんて、信じられない編成ですね」

「記事にするには、まだ裏を取る必要がありますか？」

菅野が意地悪そうに訊いた。

「とんでもない。これ以上の裏なんて取りようがない。明日の記事にします。横溝、一面で行くからな。気合い入れていくぞ。いますぐデスクを呼んでくれ」

関東スポーツは、社を挙げて記事作成に取りかかった。菅野はトッパーズの一員として、実名で彼らのインタビューに応じ、事件の全容を詳述した。そこには死んだ美玖に対する深い愛情と追悼の念、そして悪事を働いた者たちへの強い復讐心とが同居し、圧倒的なエネルギーとなって彼の言動に厚みを与えていた。

*

広尾にある「志士の会」本部にサチはいた。

従兄にあたる柳瀬拓海と会って、「未来アート機構」の高菜理事長や、そこに出入りするギャラリスト二人が、補助金詐欺のために動いた一連の行動の罪跡と証拠を得るためだ。

「アンブル・アンタプリズ社」の佐々木社長と「志士の会」リーダーの工藤は昵懇の仲で、彼らは政治や行政、経済界の歪んだ実態を憂慮し、それらを正しい方向へと導くための努力を日々行ってきた。工藤の率いる「志士の会」は政治の不正を監視し、佐々木は経済界の秩序に目を光らせた。柳瀬拓海は現在四一歳で国際弁護士の資格を持ち、国内外の政治家や大手企業の実力者たちに対して広くネットワークを有している。彼は我が国随一の名門校である国立東都大学に在学中、政治研究会「憂国志士の会」を立ち上げた。その時のメンバーが、現在では大手ＩＴ企業の経営者として名を馳せる工藤淳一郎と、中東でフランスの傭兵として活動後、帰国して警察幹部となった兵頭健太である。

柳瀬も含め、三人とも一八五センチを超える長身に一〇〇キロ近い重量級の体躯をしているが、鍛え上げられた筋肉によって、スーツを着ると引き締まった体に見えた。全員が精悍な顔つきではあるが、睨みを利かすと誰もが震え上がるような鋭い眼光と、独特の雰囲気を持っている。三人揃って武道の達人で極真空手の全国大会では、二十年前に東都大学が初めて決勝戦まで勝ち進んだのだが——そのときの主力選手がこの三人だった。

兵頭は四一歳の若さで警視正という高い位に就きながら、ＳＳＴ（特別科学部隊）という特殊任務のチームを率いており、ＳＡＴ（特殊急襲部隊）や公安とは違った観点から、国の先鋭的実力部隊を動かしている。工藤は独自の優れた頭脳とリーダーシップで、志士の会代表として皆をうまくまとめている。三人は大学を卒業後、それぞれの道に進んで各分野で活躍するが、自分たちの抱くイデオロギーは全くブレることなく、「志士の会」としての活動を強力に推進している。三人とも本業のネットワークや財力、組織力を駆使して「志士の会」（現在名）をバックアップしているのだ。そのような活動が現政権に認められ、今では内閣官房とも密接なパイプを有するが、彼らは何ら忖度することなく、社会の理想と現実の政治とのギャップに対しては躊躇なく異議を唱えた。決して表には出さないが、時に非合法的な手段を用いてでも、歪められた政治や行政を正す行動をとるのが彼らの際立った特徴だ。

「じゃあサチ、これで最後だ」

柳瀬がサチに「未来アート機構」の高菜聡一郎理事長と、そこに出入りする二人のギャラリストの補助金不正受給の証拠資料を、ＵＳＢメモリーで渡した。

「ギャラリストは、銀座で画廊を経営する八神陽介と佐久間泰三の二人ね」

サチはＵＳＢメモリーをバッグにしまいながら、柳瀬に確認した。

「そうだ。他にも何人か怪しい人物を調べたが、そっちは全員シロだった。巨額の補助金の流れを整理すると、この二人への金の流れを追うことですべての計算が合う」

柳瀬が妹を見るような目で、姪のサチに言った。

「ありがとう。助かったよ。佐々木からもよろしくとの事よ」

「佐々木さん、たまにはここに寄ってもらうように言っといてくれ」

リーダーの工藤が二人の会話に入ってきた。

「ええ、伝えます。工藤さんには、昔からお世話になっていると話していました」

「いやー、逆だね。こっちがお世話になっている。『アンブル・アンタプリズ社・不動産事業部』の若菜部長には、いつも有力な情報提供でサポートしてもらっているからな」

工藤は両眉を八の字に落として微笑みながら、佐々木たちを讃えた。

「伝えておきます。因みにそちらから頂いた証拠資料は、佐々木の会社の法務部のものと併せて、『琥珀組・昭和研究会』のメンバーがマスコミ向けに持ちまわっています。先日のスポーツ新聞もそうですが、今後さらに世の中が大騒ぎになるでしょう」

「『琥珀組・昭和研究会』ってのがあるんだ、面白そうだな。サチも入っているのか？」

柳瀬が嬉しそうな表情で訊いた。日焼けした精悍な顔が眩しい。

「勿論よ、皆さんもよかったら入ってください。入会金は無料だから」

「おっ、いいねえ。俺も入ろうかな」

横で会話を聞いていた兵頭が反応した。いかつい顔がほころぶ。

「兵頭さんねえ……」

「どうした？　俺だと何か問題でもあるのか」

「いや、そうじゃないけど『琥珀』入店時には、銃器のボディチェックをさせてもらうわ」

サチの言葉に全員が大笑いした。

「そりゃ傑作だ。サチの言うとおり、こいつの体からはカラシニコフやワルサー、ベレッタ、スミスアンドウエッソン、手榴弾など、ボロボロ出てくるだろうな」

柳瀬がサチの当意即妙の返答に大喜びした。

「では皆さん、私はこの辺で失礼します。頂いた証拠資料は佐々木に渡して、有効に使わせてもらいます。拓ちゃんには、今後も密に連絡とるのでよろしくね」

サチはそう言うと、皆にウインクして「志士の会」本部を後にした。

「コア・マテリアル社」の木戸社長や江本部長の罪状を暴いた証拠資料は、「志士の会」と「アンブル・アンタプリズ社」の法務部スタッフによって既に作成され、菅野や緒方によってマスコミ関係に流された。同時に、それらの証拠は玄葉と美玖の遺族の手で、警察の捜査関係者へも提出されていた。玄葉はケアーも兼ねて、遺族と行動を共にしている。

少し前までは、玄葉のケアーを「琥珀組」が行なっていたのだが、今ではその玄葉が美玖の遺族を励ましながら「コア・マテリアル社」を刑事告発するところまで漕ぎつけている。

一方、サチがここで入手したのは、「未来アート機構」の高菜理事長やギャラリストの八神や佐久間たちへの金の流れに関する証拠資料だ。彼らの収賄罪を証明する重要な証拠と言える。佐々木の指示通り、サチは従兄の拓海と連携して一連の疑獄事件にとどめを刺すべく、最終的な金の流れを示す貴重な証拠資料を手にすることが出来たのだ。

サチはその足で早速、佐々木のいる「アンブル・アンタプリズ本社」へと向かった。

彼女がこの会社を訪れるのは初めてだ。いつもの「おやじさん」が、佐々木社長として彼女の前に姿を現すのも初めてだ。サチは柳瀬から受け取ったＵＳＢメモリーを大切に携え、期待と緊張を同じくらい噛みしめながら、佐々木の待つ本社ビルへと入って行った。

＊

「いらっしゃいませ。社長室までご案内いたします」

受付の女性社員が笑顔で応対した。サチが約束の時間に来ることは、既に伝わっているようだった。「琥珀」の入り口でいつもおやじさんが迎えてくれる「へい、らっしゃい」との違いを感じてサチは可笑しかった。女性社員に誘導されてエレベーターから出ると、八階の廊下の奥にある社長室に通された。

「よお、サチ。よく来てくれたな」

佐々木がデスクから立ち上がり、笑顔で歩み寄る。喋り口も態度もいつもの「おやじさん」だが、何かが明らかに違う。見れば、ネイビーのダークスーツにポールスミスのシックなネクタイを締め、ビジネス界に生きる経営者のオーラがそこに立ち込めていた。

「まあ、座ってくれ」

佐々木はサチを応接ソファーに座らせると自分も腰を下ろし、受付の女性に手をあげて微笑み、案内してくれたお礼の意志表示をした。

「素敵な会社ですね」

受付の女性が一礼して部屋から出て行くと、サチは社長室を見回しながらそう言った。

「ありがとう。拓海君とは会ってきたのか？」

「ええ。佐々木さんに宜しくって言ってました」

サチはバッグから「未来アート機構」の収賄を証明するであろう、ＵＳＢメモリーを出してテーブルの上に置いた。

「ご苦労様。この証拠資料は、うちの法務部と弁護士団で使わせてもらう」

佐々木は、生徒を褒める教師のような顔でそう言った。

「贈収賄事件の場合、贈った側と受け取った側の両方がいるけど、今回の事件は多額の公金を騙し取って両者が分け合うという構図ですよね？」

サチが事件の全容を再確認するように訊いた。彼女の中で、事件解決の一翼を担っているという自覚が強く芽生え始めたようだ。

「そうだ。そしてこの犯罪の構図に対する作戦としては、大きく四段階に分けて考えた」

佐々木はそう言うと、サチの反応を窺う。サチはそのことをよく理解しているようで、自ら作戦内容を説明し始めた。

「最初に『コア・マテリアル社』の全容を明らかにして、証拠となる資料を警察に届け出る。次にマスコミ関係に火をつける。三段階目は『未来アート機構』の罪状を明らかにする。そして最後に、地盤沈下しつつある『コア・マテリアル社』に敵対的ＴＯＢを仕掛けて『アンブル・アンタプリズ社』が買収し、『コア・マテリアル社』社員の雇用を守る」

サチは一気に説明すると、得意げに鼻を鳴らした。

「よく出来ました。フローチャートが頭の中に入っているな。だがな、実はこのチャートには入っていないが、当該事件には大物政治家が関わっている可能性があるんだ」

思いがけない佐々木の言葉に、サチは驚いて何度か瞬きをした。

「これは非常にセンシティブな問題なのでサチにだけ教えておくが、その領域になると我々には手が出せない」

サチが即答した。

「『志士の会』ね」

「そうだ。彼らは既に独自の手法で捜査している。東京地検特捜部と組むのか、政治の駆け引きで炙り出すのか、実力行使で突き進むのか、ここは専門部隊に委ねようと思う。我々が自分たちのミッションを完遂した後、彼らが政界にメスを入れるだろう」

佐々木はそう言うとサチにコーヒーを勧め、自分のカップを手にして言った。

「うちの部隊の行動は四段階に分けていても、時系列では同時進行なんだ」

サチはコーヒーを飲みながらも佐々木の表情を追い、話の続きに耳を傾ける。

「敵対的ＴＯＢには入念な準備と仕掛けがいるので、既に作業に入っている」

「へーっ、さすがに行動が早いね。どんなことが起きてるんですか？」

サチは興味津々だ。

「知りたいか？　向学のために教えといてやろう。木戸社長は俺たちの動きを察知して、企業買収に対する防御態勢を固める動きを始めた。菅野の迅速な行動で先日の『関東スポーツ』に彼らの記事が載ったのだが、『アンブル・アンタプリズ社』に企業買収されるような危機感を匂わせる内容の記事もあった。それを見て早速不審な動きを始めたようだ」

サチはコーヒーカップをテーブルに置き、目を光らせて聞き入った。

「そこで奴らが最初にとった行動は、合意の上で大株主になってくれる友好的パートナーを探すことだ。いわゆる『ホワイトナイト』と呼ばれる相手だ。だがこれだけの悪事が記事になってからでは、それも難しかったようで、パートナーになる企業は見つからなかった。同様に銀行からの資金導入も見込めず、MBO（経営陣が参加する買収）による非公開化という防御作戦も困難となった。そこで最後に考えたのが、彼らとパイプの太い商社『高梨商事』への第三者割当増資だ。この商社は大手外食チェーン『榊原フードサプライ』を傘下に持つため、今回の買収劇が完遂してしまうと、『アンブル・アンタプリズ』と『榊原フードサプライ』のパワーバランスが崩れると危惧し、『コア・マテリアル社』の第三者割当増資案に前向きに取り組むことを決めたようだ。そうなると残念ながらこの買収劇は阻止されてしまうことになる」

佐々木はサチにそう言うと首を捻り、専門的な戦術をさらに詳しく解説した。

「『第三者割当増資』というのは、会社が新しく株式を発行し、その割り当てを受ける権利を特定の第三者に対して与えることを言う。『高梨商事』がその相手で、その見返りとして『高梨商事』から返済義務のない増資を受けることで『コア・マテリアル社』は資金調達し、自己資本比率を高めて経営基盤を安定させる。また買収を仕掛ける会社の持ち株比率を、意図的に低下させる狙いもある。その結果として『アンブル・アンタプリズ社』による買収を阻止しようという目論見だ」

サチは息を呑んだ。佐々木の言葉からは、経済界の熾烈なつば迫り合いを目のあたりにするような、本物の迫力が伝わってきた。

そのとき社長室の扉が三回ノックされ、スーツ姿の男性が二人入ってきた。

「来てくれたか。これが『志士の会』からのギフトだ」

佐々木は話を中断し、男性の一人にテーブルの上にあるUSBメモリーを渡した。

「紹介するよ。うちの法務部の竹中と顧問弁護士の内村だ。こちらは『琥珀・昭和研究会』の柳瀬サチ……」

「よろしくお願いします」

サチは佐々木の言葉を遮るように挨拶した。一刻も早く、先ほどの話の続きが聞きたくて堪らない様子だ。

「ちょうど良かった。いま、『高梨商事』が『コア・マテリアル社』の第三者割当増資案を承諾すると決めたところまで話していたんだ。ここから先を誰か説明してくれるか?」

「分かりました。私から説明させてもらいます」

立ったまま、よく通る声で説明を始めたのは弁護士の内村だった。

「このままいくと、うちの買収劇にストップをかけられた状態に陥ります。そこで我々が次にとった行動は、『高梨商事』の増資による調達資金を止める『仮処分申請』を提出することでした。『会社法』ではなく、『民事保全法』で彼らの不当性を訴えたのです」

内村は端正な顔立ちと同様に、話しぶりも理路整然としていた。

「うまくいったのですか?」サチが前のめりに訊く。

「すぐに結論が出ると思います。彼らの社会悪はマスコミ報道等で、世間も周知の事となっていますし、利益を損なうであろう既存株主からの反発も激しいものがあります」

「きっとうまくいくさ。皆が必死で闘っている」

佐々木は目の前にいる二人の男を見ると、口角を上げてそう言った。

サチは、佐々木が最初に緒方や菅野を使ってマスコミ戦略をとった理由が、いまになって分かった。「アンブル・アンタプリズ社」による「コア・マテリアル社」買収の途上で、相手に防御措置を取られた場合の、次の一手として「仮処分申請」を考えていたのだ。

その際、「コア・マテリアル社」の社会悪が世間に知れ渡っていることが、こちら側に有利に働くというわけだ。将棋で言う、二手先を見越した行動だった。そして相手のとる行動ひとつずつが、ライブ中継を観戦するかのように筒抜けでこちら側に入ってきている。

サチは両腕に鳥肌が立つのを感じた。

「では、私たちは次の準備に移ります」と内村が言った。

「よろしく頼んだぞ」佐々木が一瞥して応えた。

二人は一礼して社長室を後にした。颯爽と退室した後に一陣の風を残すかのように。

サチは全身武者震いした。佐々木という男の底知れぬパワーと共に、「美玖の仇」という旗幟鮮明な旗印の下に動く屈強な男たち。それぞれが専門分野を駆使して、全知全能を投じて闘う姿に、彼女は感動を覚えずにはいられなかった。

＊

「コア・マテリアル社」の木戸社長と江本部長は、大手町に本社を置く「高梨商事」を訪ねていた。彼らは先日のマスコミ報道以来、足繁く「高梨商事」に来て、今後の対応策を相談している。「高梨商事」は「コア・マテリアル社」の製品輸出にも携わっており、会社の方針として今後は、「コア・マテリアル社」の大株主になって資本業務提携を構築していこうと考えていた。その意味からも、今回の第三者割当増資案は重要な案件だった。

「世の中が騒いでいますな。木戸さんは今後、どう対処するおつもりですかな？」

「高梨商事」の城口社長が木戸に尋ねた。老練な城口は、木戸の言葉と表情からなにひとつ見逃すまいと、首を傾げて彼を睨む。

「今回の事態を招いたのは、我々の不徳の致すところです。『コア・マテリアル社』がアート事業を新規に構築し、世界に存在感を示そうという思いが強すぎて、早まった行動をとってしまいました」

木戸は意識して、ゆっくりとした口調で応えた。

「世界で注目を浴びる現代アート市場の一角を、我が国に構築しようと考えたまでは良かったと思いますよ」

城口は皮肉っぽくそう言うと、説明を促すかのように、厳しい表情を江本に送った。

「はい……。名だたるアートフェアーやオークションは、欧米は勿論、アジア市場も中国や韓国を拠点に隆盛を極めています。美術館への来場者数では世界有数の我が国において、現代アートビジネスの構築が急務なのは必然でした」

横に座る事業部長の江本が、慌てて自分の出番とばかりに説明した。

「だが方法が乱暴でしたね。お国の金を借りたつもりでしょうが、立派な補助金詐欺事件に発展して世間を騒がせています」

「いや、我々が考えていたのは……」

「分かってますよ。いまや世界の潮流となった現代アートビジネスを我が国に根付かせることが出来たら、結果的に国の財政にも貢献できる。初期投資としての資金はそれまでの間、お国から借りておこうという考えだったのでしょう?」

江本の言を制して城口が一瀉千里に代弁した。

「おっしゃる通りです、申し訳ありません。私の考えが浅はかでした。すべての計画が頓挫し、我が社は危機的状況に追い込まれています。また、当該事件に直接関わった私と江本は、警察の捜査対象者として任意出頭を求められています。亡くなった社員の遺族が、刑事事件として告訴したようです」

顔色の冴えない木戸が弱々しい声で言った。

「亡くなられた木梨美玖さんでしたか……。今回の事態に至ったのは、ここが発火点になったと思われますが、そのへんはどうお考えでしょうかな」と城口が訊いた。

「各種報道を見ても間違いありません。彼女の周辺から煙が上がったようです」

「何を今さら寝ぼけたことを言っているんだ。その女性社員は当該事業の専任担当者で、あんたら二人には、何度も不正疑惑について相談していたらしいではないか」

木戸の他人事のような言葉に対して、城口が怒気に満ちた口調で一喝した。いきなりの響き渡る怒声で、室内が静まり返った。木戸と江本は震え上がり、うな垂れたまま顔を上げることが出来ない。

「何より驚いたのは、その女性が『アンブル・アンタプリズ社』を動かしたという事ですよ。佐々木という男は、一筋縄ではいかないくらいのことはあなたがたも承知のはず」

城口は落ち着いた口調に声色を戻し、二人を睥睨した。

「いったい何が起きているんでしょう。その女性はなんと『志士の会』をも動かしました。驚くべきことです。経済界の雄ともいえる『アンブル・アンタプリズ』と、政界に睨みを利かす『志士の会』が共闘してこの事件の解決へと動いている。報道によると多くの確定的証拠は、この両者から捜査関係者と報道陣に提出されたとのことだった」

城口は驚きの表情を隠さず興奮気味にそう言うと深いため息をつき、「呆れた」という言葉が伝わるような仕草で何度か首を振り、イラついた様子で足を組みなおした。

「更にまずい事態が起きそうです。この件の背後にいる『アンブル・アンタプリズ社』が、弊社を敵対的TOBで買収しようと動いています。ここで何とか城口社長のお力添えを頂けないでしょうか。弊社の新株発行準備は整えてありますので」

木戸が弱々しく尋ねた。城口の逆鱗に触れないか、声が上ずっている。

「ああ、知っている。彼らが『コア・マテリアル社』を買収したら、うちの傘下にいる大手外食チェーン『榊原フードサプライ』の脅威になるだろう事も分かっているから、そのへんの説明はしなくていい。いずれにしても、あんたら戦犯二人はとんでもないことをしでかしたものだな。戦犯にはそれなりの禊をとってもらわんと、ことは収まらんわな」

木戸と江本はぎょっとした。常日頃から良好な関係にあった「高梨商事」の城口から、遂に戦犯扱いされたのだ。会社の危機的状況と自分たちへの警察の捜査という、ダブルのプレッシャーに二人は押し潰されそうだった。そのうえ、ここにきて頼りにする人物からも見放されそうで、二人とも激しい動揺を隠すことが出来ない。

「でもまあ、そう怖じ気づかなくてもいい。うちは動くことにしたから。『コア・マテリアル社』からの増資案を飲んで資金調達をおこなうことを決め、既に動いている」

城口は平然と言った。情緒に動かされるのではなく、ビジネスライクに考えて当然のことのような口ぶりだった。

「あ、ありがとうございます」

木戸と江本は口をそろえて礼を言い、深々と頭を下げた。

「『コア・マテリアル社』の新株発行も順調に準備しているようだしな」

城口が落ち着いた口調で呟くように言った。

そのときノック音がして見慣れぬ男が入ってきた。

「失礼します」

男はそう言うと城口のもとに歩み寄り、なにか耳打ちをした。その間は僅かだったが、城口の顔色が瞬時に変わるのを木戸たちは見逃さなかった。城口は足を組んだままの姿勢で首を捻り、右手を軽く振って人払いするような仕草をした。それに従うように、男は軽く一礼して部屋を出て行った。

木戸と江本は息を呑んだ。嫌な予感がする。城口の暗い表情が部屋中の空気を重くした。

「悪いニュースだ。いま来たのはうちの弁護士だが、我々の第三者割当増資を阻止すべく、相手方は『仮処分』を申し立てたようだ。『民事保全法』を使って戦いを挑んできた」

「どうなりますか?」

怯えるような声色の木戸の質問に、城口はかぶりを振って応えた。

「どうにもならない。『会社法』の土俵ではなく、倫理観と社会性を問われている。彼らは既にマスコミを駆使して世論を味方につけている。どちらに軍配が上がるかは明白だ」

「ということは、第三者割当増資は却下されるという事ですか?」

「そうだ。そもそもこの計画自体が無理筋過ぎたんだ。だが敵ながら、あっぱれなもんだ。そこまで読んで早期にマスコミ報道から着手していたわけだから。しかも経済欄のみだと弱いとみて、週刊誌や社会面にも広がるように『トッパーズ』という芸人まで動かしていたそうではないか。あなたたちは本当に、恐るべき相手を敵にしてしまったようだな」

「一連の報道によると、木梨美玖は佐々木の経営する『琥珀』という居酒屋で、仲間たちを作ったみたいですね。佐々木との縁もこの店から始まったみたいです」

江本が消え入りそうな声で言った。城口はその話に対して、興味深そうに目を輝かせた。

「面白いな。その小さな居酒屋は『アンブル・アンタプリズ』のスタート地点だったのを君らは知っているか?佐々木という男の原点がそこにある。人知れず彼はその場所で、人と人のつながりを醸成し、会社の原動力を育んできたという都市伝説のような話を聴いたことがある。そこに集う『琥珀組』と呼ばれる若者たちの強固な絆とコミュニティーは、企業の人材育成プログラムなど、遥かに凌ぐ実践力と実質を伴っている。君らはつくづく恐ろしい相手を怒らせたものだな。我が社はこの件からいっさい手を引くよ」

木戸は悔恨の表情でうな垂れた。その頬には一筋の涙が伝った。それがなにを意味するのかその場の誰にも分からなかったが、美玖への追悼の涙でないことは確かだった。

＊

「新聞見ろよ、一面に出てるぞ。遂にやったな、おやじさん」

緒方が東都新聞を玄葉に投げてよこした。緒方も今夜はかなり酔っている。

伊豆大島での作戦会議から約二か月の時間が経っていた。八月二十八日付の全国紙の一面や、スポーツ紙の芸能社会欄など、どの新聞も同じ記事で埋め尽くされた。

「『アンブル・アンタプリズ社』が『コア・マテリアル社』を敵対的ＴＯＢで買収……大見出しで書いてあるな」玄葉が酔った目を擦りながら、見出しを読み上げた。

「おい酔っ払い、ちゃんと読めよ。美玖の弔い合戦の一部始終が、ここに詳細に報じられているんだぞ。おまえが一番の当事者として、このことを喜ぶべき人間だろ！」

緒方は生ビールを勢いよく飲み干すと「ドンッ」という音を立てて、空のジョッキをテーブルに置いた。女子大生バイトのスタッフがそれを見て、回収に来た。

「俺はな、玄葉。よく聴けよ。ここまでおやじさん本気でやるとは、正直思ってなかった。そらぁ、島の別荘で作戦会議した時は現実味のある話として聞いたよ、親父の話。でもそらぁあくまで『はなし』として、そのときそこにあったものだ。『現実味』はあっても、『現実』ではなかったよな。だがどうだ、その一か月後には木戸社長と江本部長が家宅捜索を受け、更にその一週間後に、特別背任罪と大型詐欺事件の容疑者として二人は逮捕された。そして今回の会社買収劇だ。俺はな、美玖のこと思うと嬉しくって涙が止まらないよ」

緒方はそう言っておしぼりで乱雑に涙を拭くと、空のビールジョッキを持って立つ店のスタッフに気づき、「生ビールをあと三つ！」と大声で注文した。玄葉もサチもジョッキの中のビールはあとわずかだ。店のスタッフはそれを見て納得顔で、「生ビールの中をあと三つですね」と穏やかに言ってパントレーへ帰って行った。ファミコン言葉も使うことはなかった。

そのとき唐突に、玄葉が切羽詰まった表情で話し始めた。彼の頬をつたう涙がテーブルに数滴落ちた。

「俺はな、おまえの言うとおり効率の悪い男だよ。だからおまえのように、今この瞬間も自分の気持ちをうまく表現できない。爆発的な感情表現は苦手なんだ。だが、これだけは言える。〝美玖、見ていてくれたか？俺たち『琥珀組』はおやじさんと一緒にきっちり仇を取ったぞ。美玖が無念だったことを忘れず、俺たちはこれからもっともっと大きくなってみせる。それこそが美玖へのレクイエムだ〟」

玄葉はそう言うと皆を見回し、少し間をおいて更に話を続けた。

「淡雪の残る三月初め、俺は美玖からの電話を受けて銀座の『サグラダ・ファミリア』で彼女が来るのを待った。自分の生涯であの時ほど胸がときめいたことはない。やがて背の高い扉が開き、夕陽に照らされた逆光の中に美玖の美しいシルエットが浮かび上がった。俺は心が震えるほどの幸せな気持ちに包まれた。彼女の話を聞きながら楽しく一緒に飲んだスペインワインの豊潤な香りは、決して忘れることが出来ない。またいつの日か再びそのワインに出逢ったとき――あの美しく流れた時間の隅々までを俺に想い出させることだろう」

玄葉は渾身の力で思いの丈をぶつけた。そして言った。

「『志士の会』が出した証拠をもとに『未来アート機構』は昨日、事務局への立ち入り捜査を受けたところだ。機構の理事長と問題のギャラリスト二人は間違いなく早晩、捕まるだろう。あとはおやじさんと一緒に、アート業界の刷新に尽力するよ。俺は自分の為だけでなく、亡くなった美玖やアート・シーンの浄化のためにお手伝いしたいと思っているんだ」

緒方とサチは深く頷いた。玄葉の言っていることが十分に理解でき、自分たちにも同じことが言えると思った。

「はい、らっしゃい！」

武田店長の大きな声がして入り口を見ると、佐々木がトッパーズの二人を連れて入ってきた。カウンターに座る常連客が「おおっ」とどよめき「おやじさん、久しぶり！」と声をかける。既に世間では「琥珀」の前オーナー佐々木義人が「アンブル・アンタプリズ社」の社長で、今回の企業買収劇の主役であることは知れ渡っていた。佐々木は自分の会社と「琥珀組」との関係は長きにわたって表沙汰にしなかったのだが、彼は美玖の弔い合戦をするうえで、今回は世間に公表することを決心した。世の中に今回起きた事の実態を、そのまま伝える必要があると思ったからだ。四十年近く営んできた「琥珀」のオーナー兼店長を引退したことも、その決断を大きく後押しした。

何組もの「琥珀組」や多くの常連客は、佐々木に会っていろんなことを聞きたかった。だが佐々木が闘いの最中だという事もよく理解していて、彼に連絡をとる者はひとりもいなかった。佐々木が育てた「琥珀組」の矜持だ。今夜の店内も、佐々木に挨拶や声がけはしても、それ以上突っ込んだ話をする者はひとりもいない。佐々木はトッパーズを連れて緒方や玄葉のいる席に着いたが、それを目で追う者はいなかった。皆が気を遣って視線を避けてくれているのが、緒方や玄葉にはよくわかった。

「おやじさん、やりましたね」

緒方はそう言って嬉しそうに隣の席を空けた。玄葉は店のスタッフを呼んで、いま来た三人のドリンクオーダーをした。とりあえずビールから始めるのが「琥珀組・昭和研究会」のしきたりになっている。女子大生バイトのスタッフが来てその注文を聞いた。

彼女は大きな節目で皆が集まるときに、必ずシフトに入っている。週二日働くだけなのに不思議だ。彼らとは、余程波動がうまく合っているのだろう。

「では、『コア・マテリアル社』経営陣の逮捕と『アンブル・アンタプリズ社』による企業買収の成功を祝して杯をあげましょう。乾杯！」と緒方が音頭を取った。

「乾杯！」皆が声を合わせる。全員が心から嬉しそうだった。サチや玄葉は泣いていた。

「あとは『未来アート機構』の〝お家取り潰し〟と、高菜理事長や悪徳ギャラリスト二名の逮捕を待つのみである」

ナレーション風に須山が言った。彼の頭は包帯もテープもなく綺麗に治っている。

「そのあと俺とおやじさんで、アートビジネス界を刷新するんだ」と玄葉が言った。

「よろしく頼んます」と菅野は応えた後、「おやじさん、ひとつ頼みがあるんですけど」と佐々木に顔を向ける。

「なんだ？」佐々木がジョッキの底をおしぼりで拭きながら訊いた。

「あの－、この一連の流れが一段落してからでいいので、もう一度みんなで伊豆大島に行きませんか？　今度はスッキリした気持ちで『琥珀組・昭和研究会』がちゃんと正面から、おやじさんの生き方を検証したいと思っているんです。俺たちの思いもぶつけたい。ここにいる者が皆そう思っています。美玖の遺影も一緒に携えて行き、天国から参加してもらうつもりです」

「おう、美玖はリモートでの参加か」

佐々木はビールを飲み干し右親指を立てた。このサムズアップサインはＯＫの合図だ。

「ありがとうございます！」緒方も生ビールを飲み干した。

「良かった！」とサチが言い、周りの皆も嬉しそうな顔をして酒を飲んだ。

この日は祝い酒ということもあって、いつも以上に皆は飲んで酔っぱらった。居酒屋で過ごす青春の、大切な時間の一コマだった。彼らの生涯においてこの日は意義深く揺るぎない人生の指標として、胸に深く刻まれるだろうと佐々木は確信した。

翌週になると、「志士の会」からの証拠データに加え、「未来アート機構」事務局から押収されたパソコンデータや、書類関係からさらに多くの証拠が見つかったらしく、機構の理事長である高菜聡一郎と、そこに出入りするギャラリスト（画廊経営者）の八神陽介と佐久間泰造の計三名が、巨額の補助金不正受給の詐欺罪で逮捕された。

さらにその翌週、文部科学省政務官の藪内数馬が「コア・マテリアル社」から、今回の詐欺事件の指南役として報酬を得ていたことが発覚し、東京地検特捜部の捜索が入り、電撃逮捕との報道が日本中を駆け巡った。政界を揺るがす一大疑獄事件となったのだ。

この事態は世間をことのほか驚かせたが、佐々木とサチは「志士の会」による裏行動を感じとりながら、納得して記事を読んだ。美玖の自殺から端を発した一連の巨額詐欺事件は、この逮捕劇を持ってようやく幕を閉じた。

14

九月下旬となる頃には一連の出来事も収束し、皆は次第に落ち着きを取り戻していた。朝の空気には爽秋の気配が感じられ、影の伸びた東京のビルの谷間にも秋風が吹きわたる。初夏の頃、事件解決のため竹芝埠頭に皆が集まってから既に三カ月ほどが経っていた。

あの時は伊豆大島まで美玖の仇討ちの作戦会議のために出かけた。だが今回は違う。「琥珀組・昭和研究会」の強い要望で、佐々木義人の生き方を徹底検証するツアーだ。

これを機に「琥珀」で育んだ自分たちの生き方も再検証し、鍛え上げる。秋の強化合宿のようなものだ。彼らはこのセミナーを「昭和オヤジ研究会」と命名した。

前回と同様、朝の九時に皆は竹芝埠頭に集合し、「ファニークルーズ号」に乗った。

だが前と違って、たぎるような熱い思いと蒸気を含んだ南風はなく、達成感に満ちた誇らしい気持ちと、爽やかでどこか愁いのある秋の香りだけが周囲に漂っていた。

「さあ、皆乗ったら出航だ」

佐々木がスロットルレバーを倒すと、船はその舳先をあげた。

伊豆大島の別荘に着いたのは前回同様、お昼過ぎだった。今回は部屋割りもすんなりと決まり、早速皆で昼食をとることにした。三泊四日で予定したこの度のセッションには、誰もが期待に胸膨らませて参加した。数多い「琥珀組」の中で最も若い自分たちが、佐々木を相手にここまでの事が出来るという事を、彼らは誇らしく思った。

昼食後はそれぞれが海辺を散歩したり、部屋でゆっくり時間を過ごしたりした。夕方になるとサチが最初に入浴し、あとの者はじゃんけんで順番に風呂に入った。

すっかり日も暮れた頃、リビング・ダイニングはビーフシチューのいい匂いに包まれた。料理担当者は二人一組で当番制にし、今夜はサチと緒方が当番として料理の腕を振るった。広いリビングも全員が一堂に会すと狭く感じる。テーブルは二つ繋いで上からクロスをかけ、白いテーブルクロスの中央には青紫に咲くキキョウの花が一輪挿しに活けられた。それぞれの席の前にはシーザーサラダと焼きたてのバケット、そして「サンテミリオン」を注いだワイングラスがセッティングされている。皆が座ったのを見て、緒方は手作りのビーフシチューを鍋からとりわけ、サチが各自に配膳した。

「さあ、皆もそろったようだし、ご馳走を前にしての長挨拶はやめにしよう」

佐々木はそう言うと、いきなり「いただきます！」と言って食べ始めた。それを見て皆も一斉に「いただきます」と言って食事を始めた。それからしばらくの間は、各々が楽しそうに会話をしながら食事を進めた。

ある程度時間が経った頃に、菅野が皆の注目を集めるべく、空にしたワイングラスをシチュー用のスプーンで叩いた。「チン、チン、チーン」皆はお喋りをやめて菅野に注目する。以前に佐々木がとった方法を真似て、菅野も同じやり方で皆を黙らせた。

「レディースアンド銭とるマン、今夜は私の別荘にお集まりいただきありがとうございます」と菅野が言うと、「ブー！」と下向き親指のブーイングが室内に鳴り響いた。

「おまえの別荘は府中にある刑務所だろ」と須山が言って皆を笑わせた。

菅野は苦笑しながら話を続ける。

「さあ、宴もたけなわ。今夜のメーンイベントに移ってこの辺で真打登場といきましょう。その名も佐々木義人。ある時は居酒屋のおやじ、またある時は画家で、作家で、ギタリスト、更にはあの名高い『アンブル・

アンタプリズ』の代表取締役と、六十五歳にしていまだ琥珀色に輝く独身男、佐々木義人の登場だ。それではよろしいですか？　皆さん拍手でお迎えください。ではおやじさん、よろしくお願いします」菅野は右掌を佐々木に向けた。

「サチ、信二、ビーフシチュー美味かったぞ。ご馳走さん」が、佐々木の第一声だった。そして続けて言った。

「ようやく皆とゆっくり飲める日が来たな。だが言っとくが、俺は『代表取締役』なんかじゃないぞ。『代表戸締り役』と言ってな、いつも最後に会社の戸を閉めて帰る役だ。そのへん間違えやすいから、よく気を付けてアナウンスしろよ。それに『輝ける独身男』ってのは戴けんな。この歳になるまで女性とは縁がなくて、遂には老いぼれちまったよ。今からでもいいから、誰かいい人がいたら紹介してくれ。ヘルパーさんとかじゃないぞ」

佐々木は眉間に皺を寄せて、菅野を睨んで言った。皆が大笑いした。

「今夜は菅野が俺の役を演じて、『トッパーズ』のトークライブをするそうだ。だから真打は彼ら二人だよ。俺の方が菅野よりよっぽどルックスはいいが、まあ、トークの中身がちゃんとしていれば許してやろう。どんな展開になるのか、俺自身も楽しみにしているところだよ」佐々木は嬉しそうにそう言うと、菅野と須山に向かって微笑んだ。

「俺たちは、皆がおやじさんに訊きたいことを事前にヒアリングしたんだ。すると、大きく分けて三つの質問があったんや。そこで我々『トッパーズ』は、何日もかけておやじさんにインタビューし、皆への答えを持って今夜、ここに来たというわけや」

須山がいまから始まるトークイベントの、簡単なトリセツをおこなった。全員の興味が須山の言葉ひとつずつに集まる。

「なので通常の漫才とは違い、『おやじさん研究をテーマにしたトークライブ』と思ってくれたらええ。笑いを取ろうなど思うてない。だから漫才ネタは入れてへんが、興味深いと思うところでは、皆が自由に参加してくれたらええ。俺たちもスタンダップではなく、ワイン片手に座ったままやらせてもらう」須山がいつになく真面目な顔で言った。

「では早速、始めますか『昭和オヤジ研究会』を」

菅野のこの言葉で、『トッパーズ』のトークが始まった。緒方も玄葉もサチも、全員が彼らの話を聴こうと身を乗り出した。佐々木は腕組みして、ゆったりとした姿勢で聞いている。そして遺影を通して天国からリモート参加の美玖も……「今まさにここに来ているな」と全員が感じることで、皆の心の中にしっかりと参加していた。

*

「おやじさん、俺らいつも不思議に思うとることが三つばかりあるんやけど、ちょっと訊いてもよろしおますか？」

須山が佐々木役の菅野に質問した。須山はこの場でも、いつもの「琥珀組・昭和研究会」メンバーで、トッパーズの須山本人として話している。

「ああ、ええよ。応えたるけど、なんぼくれるんや？」

「はいっ？　どういう意味？」

「ただで話せってのは、都合よすぎるやろ」

「いつも『琥珀』でしっかり払うてますやんか。しかもニコニコ現金払いで」

「ああ、そうか。じゃあしゃあない、今回はただで応えてやるよ」

「あざっす……なんか、いつものおやじさんっぽくないけど大丈夫かな。少し関西弁やし」

「要らんこと気にすんな」

「はいはい、ではまず手始めに軽いジャブから。ひとつめの質問いきます」

「ジャブって仕事の質問か？」と、佐々木役を演じる菅野が訊いた。

「ちゃいます。それはジョブです。なに言うてはるんですか、ほんま。今夜のおやじさん、いつもと違うわ。じゃあお訊きしますよ、なんでおやじさんは未だに独りもんなんですか。皆が知りたがっとります」須山は皆を代表して、佐々木役の菅野にきっぱりと質問した。

「バツイチってやつじゃ。子供はいなかったが、若い頃は俺も幸せな結婚生活を送っていたんやで」

菅野の言葉に皆はドキッとした。佐々木の過去を初めて知り、奥さんと別れた理由を全員が知りたがった。

「なんで、破滅したんでしょうかね」須山が離婚の理由を尋ねた。

この言葉が可笑しかったのか、皆は笑いたかったが佐々木の手前、我慢した。

「破滅って言い方は、ないやろ。平和的に送り出したんよ」と菅野が応える。

「どういうこと？」

「若い頃、俺は愛する妻のために懸命に働いた。何もかも犠牲にして、仕事と家庭を大切にしたつもりや」

「ふんふん、ようあるパターンやね」須山は腕組みして、頷きながら天井を見た。

「ところが、や。気ぃついたら、愛する妻は年下の青年と恋に落ちとった」

菅野の言葉に、皆は一斉に佐々木の顔を見た。佐々木はニコニコしながら聞いている。

「なな、なんと」須山は目を剥いて驚いた。

「健康のためと言って、妻はジム通いしていたんだが、そこのインストラクター相手に、できてもうたんや」

菅野は寂しそうな口調で言った。

「相手は幾つ年下だったんですか?」

「妻が三十五歳やったからひと回りほど下やったな。そいつは貧乏な学生で、インストラクター以外にも居酒屋やコンビニでバイトしながら生計を立てておったみたいや」

「母性本能ってやつですか? で、どうしたんですか? おやじさんとしては」

「どうもこうもないわ。『私がいないと彼は駄目になってしまうの』が妻の泣き文句やったからな。涙を呑んで送り出してやったよ」

「えええ、ほんまですか! それ、痛いっすよねえ」

「ああ、痛すぎる。楽しかった結婚生活十数年の思い出が、家の隅々にまで沁み込んでおったからな。ひとり残った者はたまらんぞ。で、遂に引っ越したよ」

「あちゃあ。それからあと、ずっと独り身ですか?」

須山が腫れ物にでも触るような感じで、静かに問うた。

「俺はな、女性には弱いんじゃ。その後も、何度か心惹かれる女の人と出会ったけど、こちらからは言い出せんかったり、すれ違ったり、毎日の仕事や趣味に忙殺されて機を逸したりと、残念な事ばかりやった。酷いときには騙されたりもした」

菅野はそう言うと、ちらっと佐々木の顔を見た。佐々木は笑顔で頷いている。

「なになに、騙されたと。それはどういうことでしょう」

須山は興味深そうに大きな声で訊いた。他の全員も身を乗り出して聴いている。

「昔の話であまり言いたくないけどな。若気のいたりとはいえ、まあ俺が阿保やった。相手の女性は優しくて綺麗な人で、俺はぞっこんやったし、彼女も俺のことを好きや言うてくれとった。俺は二度目の結婚前提で、本気でつき合っていたんじゃ」

菅野がそう言うと、皆は再び佐々木の顔を見た。佐々木は相変わらずにこやかな表情で、頷きながら菅野の話を聞いている。事実であることを肯定する仕草だ。

「それで?」須山はそう言うと、ごくりと生唾を飲んだ。

「だが、その女の後ろに男がおったんよ。それも墨を入れた、いかつい野郎がな」

「なんと。金をむしり取られたんですか?」須山が眉根を寄せて訊いた。

「とんでもない。一銭も払っちゃいないぜ。相思相愛の恋人同士がつき合って何が悪い。彼女は俺のことを愛しているって、口では言っていたんやからな」菅野が平然と言った。

「でもそれじゃあ、ことは済まんかったでしょ」

「ああ、とことん闘った、総力戦でな。これは面白かったぞ」

「よければ聞かせてください。どんな戦いでした?」

須山は聞きたくてうずうずしている。

「殴り合いじゃ」

「えっ、いつ、どこで」

「そいつ、『琥珀』の営業中に店まで押しかけて来たんや。冬やったのに腕まくりして、刺青を見せる格好しておったたな。客に迷惑かけとうなかったんで、表へ出るように言うた。俺が先に外に出て、その男が暖簾をくぐって出てきた途端、顔面に一発お見舞いしたんや。ワシの鉄拳が火を噴いた」

「えっ、ずるっ」

「阿保、おまえ喧嘩したことあるんか？　何ごとも先制攻撃が大切や。相手の戦闘意欲を削いでしまうんや。俺が殴らんかったら奴に殴られとる。相手の鼻骨を折って派手に鼻血出させたら、九分九厘勝ちやな。その後、殴り合いになったが、五分ほどでケリが着いた。誰かが警察呼んだみたいで、パトカーが何台か来たが、相手は逃げ帰ったあとじゃった」

「その後、いろいろあったんじゃないですか？」

「あったなあ、大勢で店に来たりして」菅野は思い出すように、しみじみと言った。

「どう対処しました？」

「うちの法務部の弁護士と、不動産部の若菜に任せた」

「弁護士さんは分かるけど、若菜部長はどういった役回りです？」

須山は不思議そうに、菅野の顔を覗き込んで訊いた。

「我が社は日頃より、若菜を通して『志士の会』に不動産関係の情報提供をしておるから、何かあったら、彼のひと言で『志士の会』が動くんじゃ」

「うえっ、えげつなっ。色恋ごとで、あの『志士の会』が動いたんですか？」

「おう。組ごと潰して、大掃除したみたいじゃな」

「恐ろしや」須山は身震いした。皆も驚いて佐々木の顔を見た。

「降りかかる火の粉は払わんといかん」

「そのへんの話、またゆっくりと聞きたいですね。で、女の人はどうなったんですか」

「いつの間にか姿を消した」菅野は涼しい顔で言った。

「何はともあれ、被害額がゼロで良かったですよね」須山が安堵の表情でそう言う。

「ああ、金銭面ではそうだが、心の被害額は大きかったな。二回目の結婚まで考えていた相手やったからな」

「『おじさん心』が傷ついたと」

「そういうこと」

「お気の毒に。では二つめの質問です。なぜおやじさんは、こんなにも多くの事を同時にやっとるんですか？」

その問いに対して、菅野は嬉しそうに含み笑いをし、静かにゆっくりと話し始めた。

「欲張りなんだよ、俺は。だからいろんなことをしたくなる。それともうひとつ言えるのは、死を恐れとること。歳を重ねるごとにその気持ちが強くなるのかもしれんな。だから多くの事をできるうちにしようと思う。死があればこそ生が引き立つ。」

皆は真摯な眼差しを菅野に送った。その視線からは深く納得したり、賛同しているようなものは見受けられない。だからと言って拒絶したり、嫌悪感を示すようなものでもない。もう少し話の続きを聞いてから咀嚼し、丁寧に消化していきたいという気持ちが感じられた。

「俺は四十代後半の頃、仕事で大きな壁にぶつかった。いや、大きな穴に落ちたといった方がいいかもしれんな。その出来事は突然訪れた。自分が招いた過ちであり、自業自得でもあった。そのとき自分を見失いそうになるまで悩んだんや。明け方まで眠れんし、朝起きるのが怖くて辛くて、頭痛と動悸が交互に体を襲った。目覚めたときに、薄いカーテン越しに透過してくる朝の光は紫色に見えた。高い場所に立った時などは、『ここから飛び降りたらどうなるやろか?』とまで考えるようになった。逃避行動から酒を浴びるほど飲み、煙草を嘔吐くほど吸った。慢性的な胃痛と胸やけが続き、皮膚は荒れて目は充血した。そんなとき、何気にふと始めたことが不思議な力で自分を鼓舞し、徐々にではあるが、良い方向へと流れを変えていってくれたんや」

「ほう、なんですの? それは」

須山が興味深そうに、上目遣いで菅野の顔を見た。

「『読書』と『日記』と『親友との語らい』や。本を片っ端から読み漁り、そこから得た気づきを日記につけ、親友にほぼ毎日のように相談した」

菅野はここまで言うと皆の顔を見回して一息つき、テーブルのワインを少し口にした。周りにいる者たちは、思いがけない話に驚きつつも、興味深く耳を傾けた。佐々木はずっと、にこやかな表情で腕組みしたまま聞いている。

「そんな中、俺は初めて自分と向き合った。今までの自分の生き方や考え方を再検証し、不要なものや有害なものを切り捨てていったんや。例えば煙草であったり、麻雀などのギャンブルであったり、意味のない時間の過ごし方であったり、数えればたくさんあった。そういった享楽的な時間ばかり優先しておると、『自分の考え方や生き方』が希薄で無思慮になり、せっかくの人生を台無しにしとるということが分かったんや」

いて言った。
菅野はそう言うと、天井を見て一息ついた。自分の話から何かを思い出しているようだ。彼は少しの間をお

「『引き算の人生観』を良しとした時点で、最高の充実感が味わえた。自分の人生から無益なものや不要なものを、一度取り払うんや。それでは人生、味気ない言う人もおるかもしれんが、そんなのは実行する勇気がない者の言い訳や。生き方の断捨離をしていくんや。そうすると、本当に意義深いことが出来るようになる。それは結果的に『足し算の人生』になるという事や」

「それが演奏する事だったり、絵を描く事だったり、執筆活動だったりしたというわけなんですか?」須山がすかさず訊いた。

「そうや。結果的にそうなった。俺は何ひとつ習ったことがない、ど素人や。滝嶋じゃないが、楽譜も読めずにギターを弾き始めたし、絵の具の使い方も知らずに絵を描き始めた。まして執筆なんて一度も教わったことはない。……だが始めた。やってみない事には何も始まらんからだ。自我流でもええんで、とにかく一生懸命に取り組んだ。それらすべてに共通して言えるのは、『大好きなことを楽しんでいる』ということなんや」

「『好きこそ物の上手なれ』ですか」

「ああ、自分がほんまに好きなことをすればええ。だが努力する過程も含めて楽しむ事や。そして刹那的な快楽に走るのはやめた方がええ。麻薬のようにやめられなくなるからな。時間を無駄に費やしてしまうばかりか、そこから抜けられなくなってしまう。甘いお菓子ばかり食べておると新鮮な野菜や米や、果物の美味しさが分からんようなるのと似とる」

菅野はそう言うと、ふと須山の胸ポケットに刺さるボールペンに目を向けた。

「おまえが使っとるのは、三色ボールペンやな」

「はあ……」と須山は、改めて自分のボールペンを見て返事をした。

「赤と黒と青の色がセットされとる。ところで青色は使ったことあるか？」

「えっ、青色っ？　青色は……ないっすね」

須山は、菅野のアドリブによる突然の質問に対して、少し戸惑いながら返事をした。

「なぜ使わん？」

「なぜって、別に使う必要もないから」

「それがおまえの生き方そのものや」という菅野の言葉には、佐々木の匂いがした。

「どういうこと？」

「青には青の良さがあるんだよ。使ってみんと、分からへんやろ？」

「……」

「たとえば手帳に予定を書くときに、仕事は黒色、家庭のことは赤色、そして趣味や遊びの事は青色と分けて使ってみるのもええ。三色を駆使して使ってこそ、初めてそのペンを持つ意味と価値が生じるんや」

「つまり、『与えられた可能性は隈なく試せ』ですよね」

サチが横から頷きながら言った。釈然としない須山に、サチが助け舟を出した格好だ。

「サチは解りがいい」

菅野はグラスの赤ワインを飲み干すと、サチにウインクしてそう言った。佐々木が乗りうつったような仕草と物言いだ。時々変な関西弁が混じるが、声色まで似てきた。

「そのペンの青色の芯は、おまえが最後にペンを捨てるときまで、結局『青の可能性』を封じられたまま無駄にそこにいて、その一生を終えるんや」

菅野はワインに酔っているのかと、何人かが思った。擬人法での展開はサチと緒方以外には伝わりにくい。

菅野は「ふーっ」と深呼吸をして軽く首を回した。

「人間も同じで、自分の持つ可能性を試さない手はないってことか」

須山がボールペンの青色をノックし、それをまじまじと見ながら言った。

「それをしないで手軽に享楽的な生き方をしていると、どこかで必ずしっぺ返しを食う。四十六歳のときの俺が深い穴に落ちたようにな。だがそれはそれで意味があって、そのときに気づきを得るかどうかが試されとるんや」

菅野がここを先途と踏み込んだ説明をした。しかしまだ時々、関西弁が顔を出す。

そこへ玄葉が何か思いだしたような顔で、話題に入ってきた。

「以前俺の言った『自分の生き方を作品に反映させろ』という言葉に反応して、トッパーズはそれを実行した。そして世間の脚光を浴びた。だがそれは長続きせず、いろんな弊害を巻き起こしながら世の中に見放され、忘れ去られていった。それは何故か?」

玄葉は須山に、我がアドバイスを彼らがどう取り違えたかを確認すべく問いただした。

「今なら俺にも分かるよ。『自分の生き方』そのものが、正しくない方向に向いていたって事やな。要はテクニックじゃなく、幹となる『観念』が大事ということだ。でも痛い目にあって、そのことに気づけたのは大きな収穫やった。四十六歳の時の佐々木さんと同じ様に。『物事が起きるのには必ず理由がある』と言ったのは、たしかバシャールだよな」

須山が玄葉に向かって言った。玄葉は黙って頷いた。

「一知半解の人だったんだよ、おまえらは」

緒方がそう言うと、須山は何度も頷いた。


「では最後に三つめの質問に移ります。皆さん、心構えはええっすか？」

須山がそう言うと、皆は興味津々の表情で目を輝かせた。

「これもほぼ全員から出た質問です。『どうすれば、それだけ多くの目的が達成できるんですか？』その方法というか、コツを伝授して欲しいということです」

菅野は、須山が注いでくれた二杯目の「サンテミリオン」を一口飲むと、先ほどと同じく、ゆっくりと小声で話し始めた。

「日本人の平均寿命が延びており、以前なら還暦を迎える六十歳くらいまでしか出来へんかったようなことが、今じゃ八十歳から九十歳くらいまで出来たりするようになってきた。『人生が二毛作になっている』ことをまず知るべきや。そして二つ目の幸せの作り方を皆が模索する時代になった。人生の後半の幸福探しや。田舎に行って畑をする人もおるし、古民家を再生してカフェをする老夫婦もおる。どれもが楽しいことで、正しいと思う」

菅野はまず世情から話を始める。聞く者は現実の納得感から、自然に話の中に引き込まれていく。このへんも、佐々木の手法をうまく真似ているようだ。

「だが一つ忘れたらあかんことがある。歳をとると、時間のスピードが倍加して速くなるという点や。若い頃とは明らかに違うで。これは感覚的に言っているのではなく、物理的に変化するという意味で言っとる。うかうかすると、あっという間に十年ほどが過ぎてしまう。だから六十歳になってから何かを探し始めても、楽しめる時間が短く感じるんや。いまここにおる若い皆には少し分かりにくい話かもしれへんが、自分たちだって小学生の頃の六年間と最近の六年間では、時間の速度が違うことくらいは気がついておるやろ?」

菅野がそう言うと、全員が小刻みに頷く。もはや直接、佐々木の話を聞いているみたいな感覚だ。

「ここのところは至って大事な部分なんで、おやじさんから詳しく説明してもらえます?」

菅野がいったんトークショーを離れて、佐々木にバトンを渡した。

佐々木は軽く頷くと、ゆっくりと話し始めた。菅野の物まねそっくりに。

「俺は早いうちから、自分の人生を二分割してプラニングした。四十代半ばまでの人生は前半戦。そこまでですべきは生活力の基盤づくり。即ち確固たるビジネスの確立だ。それは会社人として出世を目指すもいいし、医師や弁護士、或いは教師や税理士といった『サムライ業』の成功でもいいし、会社を興して成功させる一国一城の主でもいいし、どんな職業でもいい。要は前半の人生で生活基盤を構築することだ。勿論、好きな仕事でないとうまくいかないし、長続きはしないだろう。その戦場を必死で戦っていくわけだからな。だがここで重要なのは、『夢を追うのはそれからのこと』ということだ。執筆していい本を書きたい、目が覚めるような絵を描きたい、痺れるような音楽を奏でたい……といったことは、生活する基盤をつくってから後半の人生で思い切り勝負に出ればいい。俺はそう決めて四十五歳まで必死で働いた。一軒目の店「琥珀」が軌道に乗ったおかげで銀行からの資金調達ができ、フレンチレストラン「アンブル」を多店舗化して外食事業が成功した。

その後、不動産事業、運輸事業へと多角化して、会社を発展させることが出来たんだ」

佐々木がそう言うと、菅野と須山はあの有名なフレンチの「アンブル」をチェーン展開する「アンブル・デュ・ウレストゴン」の本部が、佐々木の会社の事業だという事を初めて知った。二人は目を白黒させて、鳩が豆鉄砲を食ったような驚きの表情をみせた。彼らはこのチェーンのCMキャラクターになったことを皆に自慢していたからだ。菅野は以前、佐々木の店を訪ねて暴言を吐いた日、自分たちが「アンブル・デュ・ウレストゴン」のCMに採用されるほどの大物になったと、自慢したことを思い出した。そのとき佐々木は、平然とした表情で何も言わなかった。それなのに自分は、佐々木を見下すように暴言を吐いて店を出た。考えただけで自己嫌悪の極致に立たされる。

「思い出しただけで恥ずかしくて、穴があったら入りたい気分や」思わず菅野が漏らした。

「そんなことまで思い出さなくていい。あれは、うちの宣伝企画部がおまえたちを採用しただけで、俺とは関係ない」

佐々木は軽くいなすと、話を続けた。

「それまでの俺は順風満帆のように見えて、実は大きな過ちに気づかないまま走り続けていた。そして四十六歳の時、生まれて初めて大きく人生に躓いた。自分がそれまでに築いたものを全て失いかねない事態だった。自らの誤った生き方から、『九仞の功を一簣に欠く』ところだった。悩み抜いた末、俺は自らの生き方の間違いに気づき、それまでの半生の垢を捨てていった。そのタイミングが、計ったように人生設計の折り返し地点でやってきたのは、何か目に見えない理由があったからに違いない」

佐々木はそう言って軽く目を閉じると、納得した表情で口角を上げ、菅野に目をやる。

菅野はそれを受けると気を取り直して、「佐々木役」を再開すべく努力した。佐々木の話とシンクロするように、自分自身にも大きな気づきがあった菅野は、心の動揺を抑えようと深呼吸した。そして意識して落ち着いた声で、再び佐々木役で話し始めた。

「気づきを得た俺は、後半の人生を計画通りか、それ以上の形で過ごすことが出来とる。自分のほんまにしたかったことが、毎日できることの幸せは、筆舌に尽くしがたい」

菅野はそう言ったあと、確認するように佐々木の顔を見た。佐々木は黙って頷いた。

「生活の基盤があるだけでは本物を目指せなかった。自分の生き方の間違いに気づいた事で、本当の夢を追い求めることが出来たということだね」サチが確認するように言った。

「そうだ。サチは察しがいい」と菅野は先ほどと同じようにサチを褒めた。今度は佐々木そのものだった。

「アメリカの女優シャーリー・マクレーンが彼女の著書の中で、友人から言われたアドバイスを書いているよ。『自分の山に登るのをやめて、自己の内部に旅をするように』と」

サチが補足するように説明した。

「つまり、後半の人生は『自分探しの旅』でもあるわけだ」

緒方が、合点がいったように右拳を左掌に強く打ちつけた。

菅野の話は、多岐にわたる細い川が河口近くで合流し、大河となって勢いを増していくように、皆の心の中でうねりをあげてその道筋をつけていった。

「ええか、急がば回れや。ほんまにやりたいことを心置きなく出来る環境をつくることが大切や。焦ったらあかん。夢を安請け負いするな、中途半端に追うな。夢を寝かせて熟成させろ、琥珀色に染まるまで。じっくりと取り組むんや」

菅野はまるで何かの綱領を唱えるかのように言った。佐々木自らが実践しているからこそ出てくる強い言葉だ。そして菅野は、この言葉の意味することにすがろうとしている。だからこそ力強く言い切った。皆はその真実の深さを感じながら聴き入った。

「おやじさんの言う『前半の人生』では、小説を書いてはいけないいんですか?」

緒方が満を持したように訊いた。ずっと訊きたかったことのはずだ。

「書けばええ、なんぼでも書くのは構わん。だが、その期間に成功すると思うなよ。世の中、そんなに甘くはない。人生経験が少ないうちは、出力も低くて浅いものしか出てこない。だから若いうちは失敗を覚悟で夢に挑戦しつつ、一方で必死に生活の糧となるものを築くんや。そして後半の人生で自己と向き合い、一気にはき出すんや。アウトプットする。今まで充電してきたものを放電するんや。そこには分厚い本物の材料が山積みされている。成功や失敗を重ねた、自分の半生の生き方そのものが、大きなモチーフとなって提供されるんや。そして生活の安定が、その活動を物理的に支えてくれる。『食えるかどうかの中でこそいい作品を作るんや』などというのは、一見カッコいいことを言っとるようやけど、所詮は絵に描いた餅や。それを成し得るのは大したことかもしれないが、ごく一握りの者にしかできない。そしてそれには圧倒的な強運が必要となる。一般的には失敗率が高く、多くは苦労知らずの坊ちゃんたちが使う甘言やと思うとる」

菅野は興奮気味に言った。佐々木がそう言うかどうかはわからない。菅野はもう既に、自分の言葉で話していた。須山との掛け合いにはないアドリブだ。

「という事は、執筆したり絵を描いたり、ギターを弾いたりするのは、失敗を恐れず若いうちからでもすればいいという事ですね」玄葉が念を押すように言った。

「勿論。俺もそうした。若いうちからバンドを組んでギターを弾いておった。若い時にしか出てこない感性も大切なものやで。俺はあくまで成功成就への確率論を言っとるだけだ。絵を描いたり執筆したりするのは『後半の人生』で開始したが、それは自身の悩みから、本を読んでいるうちに自然に始めた事だったからや」

「若いうちから夢を追って挑戦するのはいいけど、『二毛作の人生』を設定して本当の勝負は『後半の人生』に託し、それが出来るように『前半の人生』でしっかりと生活基盤を築いておけと。その経験こそが『自分の生き方』そのものとして、作品の肥やしとなり、良い作品を生み出す基だからだ……ということか」

須山が自分に言い聞かせるようにまとめた。

「そういうことや。その方が成功率も上がる。『急がば回れ』の精神や。お寺の古い廊下は、お坊さんが磨けば磨くほど琥珀色に輝きを増す。木材も鉱物も、年季が入って磨きがかかるほど琥珀色に輝くだろ。深みのある輝きや。焼酎やウイスキーだってそうやろ。長い時間かけて熟成すると、酸いも甘いも熟知した琥珀色の輝きを放つ。人生においても同じや。俺は何とかしてそこに到達したいと思っとる」

菅野はそう言って皆の顔を見た。若いメンバーたちからの三つの質問について、これで十分に応えられたかどうかを確認するように。彼が手にするビールグラスは、落ち着いた室内照明の光を透過して琥珀色に輝いている。そして菅野は佐々木の顔を確かめた。佐々木は終始にこやかな表情でトークライブを聞いていたが、ここで最後にひとこと言った。

「合格だよ。俺はそんなに立派じゃないし多くは語らなかったが、さすが『喋りのプロ』だな。話が盛られて膨らんでいたけど……面白かったし、俺自身とても参考になったよ。ありがとうな」

伊豆大島の秋の夜長を、佐々木と「琥珀組」の面々は堪能している。外では潮の香りを含んだ海風が吹きわたり、打ち寄せる波が一定のリズムを刻む。満月の夜にはリビングの掃き出し窓から、月明かりの海が見えると佐々木が言っていたのを、サチは思い出した。自分の座る位置からモノトーンに浮き上がる海の景色が見えたからだ。トークライブが終わるとサチは席を立って窓際まで行き、サッシの掃き出し窓を少し開けてみた。外から秋涼の風が、さぁーっと……暖房の効いた建物の中に流れ込んでくる。熱気に満ちた室内を浄化するかのように、部屋中に冷気が行きわたった。熱い頬をなでながら通る秋風の心地よさを、皆は無意識に感じた。そして上空には微笑むかのように、おどけた満月がいた。

サチはそれを見ながら、自分の生涯で何度このような満月が見られるのだろうかと、ふと考えてしまった。

「ではここからは、ざっくばらんにフリートークとします。『お題』は自由。自慢話もよし、不安な人は人生相談でもよし。いつもの『琥珀組』の酒酔い話の開幕です！」

緒方がそう言うと一同は湧き上がった。第二部の開幕だ。夜が明けるまでは時間がたくさんある。この場にいる全員が、なにか吹っ切れたような顔で今の時間を楽しんでいる。

〝居酒屋の青春〟は居酒屋でなくても、その気になればどこででも謳歌できるようだ。

「俺はここにいる皆と出会って、こうして一緒に酒を飲めて本当に幸せ者だと思っているんだ」玄葉が美玖の遺影に向かい、頬に一筋の涙を伝わせながら言った。

「俺たちも同じ気持ちだよ」と他の者たちもそう言って頷いた。

「おやじさん、菅野たちを通して俺たちからの問いに応えてもらったけど、今度はおやじさんから俺たちに、質問か要望はありますか？」と玄葉が訊いた。

玄葉は普段は口数の少ない男だが、いつも的を得たことを言う。「琥珀」でヒューマン・ウオッチングを続けてきた成果なのかもしれない。皆は彼の当意即妙の質問に感心し、一瞬沈黙した。佐々木の言葉を一言半句も聴き逃すまいと、固唾をのんで待った。

「ああ、あるな。俺がまだ、したくてもできていないことがひとつある」

「何ですか、それは」皆が声をそろえて訊いた。

「漫才だ。ここに出直しプロの『トッパーズ』がいるから、今夜はその奥義を是非とも教えてもらいたいものだ。先ほどのトークライブで、彼らはついに自分たちの殻を破ったようだからな。何か突き抜けた感があるよ。おまえら、今日から改名して『突破〜ず』ってのはどうだ？」

皆はずっこけたが、菅野と須山は自分たちの出番とばかりに目を輝かせて話し始めた。

【参考文献】『グレート・ギャツビー』スコット・フィッツジェラルド著／村上春樹訳（中央公論新社）

若林毅（わかばやし・つよし）

1959年岡山県倉敷市生まれ。

明治時代創業の醤油醸造業の家に生まれる。時代の変化に応じて改廃と起業を繰り返し、現在は多事業化して複数の会社を経営する。一方、画業でも幅広く活躍し、ベルリンでの個展をはじめ海外のアートフェアへも頻繁に出品している。国内では国画会に属し、金谷雄一氏に師事。毎年国立新美術館で開催される国展に出品中。2016年関西国展で「関西国画賞」を受賞。音楽活動においては、早稲田大学在学中からブルースやロックのバンドでリードギターとして活動し、帰郷後も地元において音楽活動を継続、40歳までギターを弾き続けた。

現在は、みずからの絵画のコンセプトにも通底する、精神世界の賢者たちの著書や史書を広く調べ「多くの気づき」を集約し、執筆している。

近著は、『コロナに勝つ心』（たま出版）　『Shall we 断酒?』（風詠社）

琥珀色に輝く

2025年3月26日　　第1刷発行

著　者――若林毅
発　行――つむぎ書房
〒103-0023　東京都中央区日本橋本町2-3-15
https://tsumugi-shobo.com/
電話／03-6281-9874
発　売――星雲社（共同出版社・流通責任出版社）
〒112-0005　東京都文京区水道1-3-30
電話／03-3868-3275

ISBN 978-4-434-35434-2